番所医はちきん先生 休診録 四

花の筏

番所医はちきん先生 休診録四

花の筏

井 川 香 四 郎

幻冬舎時代小説文庫

目次

【主要登場人物】

八田　錦……………番所医。綽名は「はちきん先生」。
　　　　　　　　　辻井登志郎の屋敷の離れに住む
八田徳之助……錦の亡父。元・小石川養生所の医者。辻井と無二の親友
辻井登志郎……元・北町奉行所吟味方筆頭与力
佐々木康之助…北町奉行所定町廻り筆頭同心
嵐山……………岡っ引。元勧進相撲力士
遠山景元………北町奉行。左衛門尉
井上多聞………北町奉行所年番方筆頭与力
内田光司郎……北町奉行所市中取締諸色調掛り筆頭同心
沢村圭吾………北町奉行所養生所見廻り同心
長谷川慎兵衛…北町奉行所吟味方与力
藤堂逸馬………北町奉行所吟味方与力

第一話　花の筏

一

桜のように散っているのは、エゴノキであろうか。仄《ほの》かな香を放って、風に舞う白い花びらは雪のようにも見える。

掘割にひらひらと舞い落ちて、花の筏《いかだ》となっている。幼子なら乗れるのではないかと錯覚するほど、川面を埋め尽くしている。その風情は、汗ばむほどの夏の盛りを涼しくしてくれているようだ。

その白い花筏がプッツリとふたつに割れて、真っ赤なものが浮かび上がった。着物と帯に見えたが、反転するとそれは、子供の姿だった。

八丁堀の地蔵橋でのことだった。たまさか通りかかった物売りが見つけて、すぐ近くの番小屋に届けた。八丁堀には、自身番とは別に岡っ引がたむろしている番小屋がある。事件があれば、すっ飛んで行くのだが、ふだんは花札などをして暇を潰していた。

嵐山《らんざん》はすぐに駆けつけ、自ら掘割の中に入って、子供を助け上げた。北町奉行・定町廻りの筆頭同心・佐々木康之助《ささきやすのすけ》から十手を預かっている。大柄だが、元関取だけあって判断と動きが速い。

子供はまだ五歳くらいの女の子だが、亡くなってから数日経っている様子だった。すぐにでも、濡れている着物を取り替えてやりたかったが、まずは検屍をしなければならなかった。

八丁堀の与力屋敷に間借りし、診療所を出している番所医《ばんしょい》・八田錦《はったにしき》は、嵐山に呼ばれてすぐに駆けつけてきた。番所医とは、奉行所内にあって、与力や同心の〝堅固《けんご》〟……つまり日頃の健康を診る医者だが、事件や事故による死体を検分する勤めもあった。

佐々木が、出仕していた北町奉行所から駆けつけてきた頃には、粗方、錦による検屍は終わっていた。

「──子供の土左衛門《どざえもん》とは……」

妻子のいる佐々木は、痛ましい幼子の亡骸を見て、胸苦《むなぐる》しそうに合掌した。

かつて、江戸には水死体が多いので、陸に引き上げて検屍する義務はなかった。川にあるのは流れに任せ、海に出れば波に任せていたのである。町奉行所が引き上げて調べなければならないのは、町場の水辺に漂い着いたものだけであった。

掘割は〝潮入〟という海から流れ込んでくる水もあるため、海から運ばれる土左衛門も少なからずあった。だが、自ら調べるのは町地だけであり、武家地に面したものは目付に届けるだけで用足りた。

天保の治世にあっても、誰のものであっても水死体は突き放してよいというのが原則であった。つまりは見て見ぬ振りをするということであろう。将軍でも浜御殿に流れてきた死体を、見なかったことにしたことがあるという。

しかし、町方同心が住んでいる八丁堀に〝漂着〟した死体を無視するわけにはいかなかった。それも幼子である。親御らが心配しているに違いない。

ところが、幼子の体には、殴打されたり、斬られたり、火傷《やけど》を負わされたりしたような無数の痛々しい傷があった。

「ご覧のとおり、まるで拷問にでもあわされたかのような状態です」

八田錦は検屍の結果を伝えた。数日以上、水の中にあったためか体は白蠟化しており、この陽気ゆえ腐敗も進んでいる。水中にいた間に、浮遊していた塵芥《ごみ》や草木、人の髪の毛や犬や猫の毛なども、手足に絡まっていた。

「掘割の花筏に乗ってるかのように見つかったそうですが、あまりにも無残……〝検使〟役の佐々木様も、ご確認下さい」

水死に限らず、首吊り死体でも惨殺死体でも、検屍をするのは町方同心の役目で、〝検使〟と呼ばれた。その都度、誰が明示されるかは奉行や与力が判断する。

検使は、死体の検分だけではなく、見出人《みだしにん》という第一発見者、町場なら町名主や五人組、被害者の身内、付き合いのある関係者らに当たって、口書きという証言調書を集め、番所医らの検分書とともに、吟味方与力に届ける。それが事件ならば、お白洲での証拠となる。

「体についている沢山の傷は、死因かどうか判断するのは難しいですが、肺や気管に残っている水や細かな塵芥から見て、溺死であることには間違いありません」

「溺死……それにしても、この傷は尋常じゃない。気を失った子供を捨てたとも考えられなくはないな」

ちによって次々と壊されていく長屋を、拝むように両手を掲げて見ていた。

「だから言ったじゃないか、あちこちで煙草《タバコ》を吸うなって」

「そうだよ。前にも、おまえのせいで小火が起きたじゃないか。いい加減にしろッ」

「これで、私らの暮らしもオジャンだよ」

「どうしてくれるんだ、留蔵！」

などと長屋の住人から声が飛んだ。それを聞いていた嵐山は、男の首根っこをもう一度、摑んで立ちあがらせ、

「おまえが、留蔵か……大工の留蔵だな」

と睨みつけた。

「な、なんだよ……俺が何をしたっつうんだよ。放しやがれ。小火は煙草のせいじゃねえぞ。誰かが付け火したんだ、ああ。そこに炭が置かれてたんだ、本当だ」

必死に言い訳じみたことを言っている留蔵と呼ばれた男に、嵐山は顔を近づけて、

「おまえが留蔵なんだな……お花って、小さな娘の父親《てておや》だな」

「えっ……それが、どうしたってんだ」

「死んだよ。土左衛門になって見つかった」

「そ、そんな……まさか……」

明らかに狼狽した留蔵は、嵐山を見上げていた。

「どうして……そんなことに……」

「こっちが聞きたい。ちょいと番屋まで来て貰おうか」

「ば、番屋……!?」

明らかに嫌がっている様子である。岡っ引と分かりながら殴ってくる輩だ。叩けば埃が沢山出るだろうと、嵐山は直感した。

「おまえが殺したんじゃねえのか、留蔵。娘の体には、無数の傷や殴った痕があったぜ」

「それは、なんというか……」

「心当たりがあるんだな。来やがれッ」

嵐山は、逃げ腰になる留蔵の顔をもう一発叩き、昏倒しかかったのを縛り上げた。

長屋の連中は不安げに見ているだけで、誰ひとりとして留蔵を庇《かば》う者はいなかった。むしろ、十手持ちに連れていかれて、せいせいしているような様子だった。

その間に小火は消えており、長屋の柱は折れ、屋根が落ちていた。町火消たちも威勢良く〝勝《か》ち鬨《どき》〟のような声を上げていた。

二

翌日、北町奉行所に、三日に一度の達者伺いに来ていた錦の前で、佐々木が座り込んだ。年番方の隣室なので、筆頭与力の井上多聞《いのうえたもん》も聞き耳を立てるように見ている。

「――そうですか、父親が見つかって、良かったですね」

錦は検屍した娘の身許《みもと》がハッキリと分かったので、一応は安堵した。だが、お花の体中にあった痣や傷は、父親である大工の留蔵がつけたものであろうと思われた。

留蔵の身柄は、南茅場町の大番屋に預けられ、吟味方与力の尋問を受けていると佐々木は言った。

「その話は、また改めてお聞きしますね。次の方を診なければなりませんので」

話したそうな佐々木を、錦は牽制した。だが、腰を上げようともせず、

「先生……あんな小さな子のことだから、もっと親身になってくれると思ってたが

な」

「お花さんの死に、何か疑問でもあるのですか」

「そうじゃねえ。溺死であることは、先生の見立てどおり間違いないよ。それに、留蔵は娘に手を上げたことは認めてるんだ。後で、もう一度、嵐山とともに長屋の連中や大家、町名主にまで聞き込みをしたが、そりゃ酷いものだったらしい」

「そうですか。可哀想に……」

錦も体が震えるほど〝虐待〟をした父親に怒りを感じ、お花に同情した。自分は父親に可愛がられて育ったから、あのような幼子が如何に辛かったか、想像を絶することだった。

「留蔵は認めたのですか」

「奴は躾《しつけ》のためにやっただけだって、とんでもない奴だろ」

「理由はどうであれ、殺しってことですね」

「いや、それがね、先生……奴はもう二月ほど前に女房と別れていて、お花は女房が連れて出たっていうのだ」

「別れた……」

にすることはない、自由に話してと伝えた。

「何処か痛いところとか、苦しいところはありますか」

「いや、特にねえ……あるとしたら、ここでさ」

と自分の左胸に手をあてがった。

「お花ちゃんが、亡くなったからですか。検屍したのは私です。溺死体でしたが、それよりも体に受けた疵や怪我、火傷の痕などが痛ましかった……どうして幼子に、そんなことをしたのですか」

「えっ……」

困惑したように留蔵は目を泳がせたが、錦は同心のように責め立てるのではなく、事実だけを聞きたかった。錦の穏やかで優しい声に、留蔵は落ち着いたのか、

「――あっしはたしかに、手を上げることはありましたが……火傷なんかさせたことはねえし、怪我するほど殴ったりしてやせん」

と静かな声で言った。

「でも、あの大きな岡っ引でもぶっ倒すくらいの力があるのでしょ。ええ、聞きました。カッときたら自分の気持ちを抑えられないのではありませんか」

「生まれつき気が短《みじけ》えし、仕事も大工だからそりゃ少々は……けど、大怪我なんかさせてねえ。火傷なんて、とんでもねえ……あれは、自分で誤って、竈《かまど》にかけてあった鍋をひっくり返して……一年以上前のことだ」

留蔵の言い分が本当か嘘かは判断できなかった。ただ、佐々木に話したことと同じで、自分の実の子ではないからこそ、必要以上に甘やかさず、躾のために怒鳴ったり叩いたりしたことは認めた。

「でも、まだ五歳の子でしょ」

「誰に似たのか、四つ五つになると逆らうようになってくるんですよ……たぶん父親に似たんでしょうがね。おつたは気の弱い優しい女だったから……」

「本当の父親は誰なのですか」

「知らねえ。佐々木の旦那にも言ったけどよ、あいつは俺と出会う前は、神田にある『鶴屋《つるや》』という小間物問屋の内儀だったんだ。でも、亭主の母親、つまり姑と折り合いが悪くて、飛び出したんでさ……よくある話だ」

「ということは、小間物問屋の主人の……」

「それが違うらしいよ。亭主の子ではないって疑いがあったから、姑とも揉めたらしい。その辺の詳しい事情は知らないけどよ、おつたが夜中にふらふらしてたのを見かけて……俺が助けたってわけだ」

「助けた……無理心中でもしようとしていたのでしょうか」

「さあ。そこまでは分からないが、二、三日、ろくに物も口に入れてなかったとか……赤ん坊には乳を吸われているのによ」

何が可笑しいのか、留蔵はクスリと笑った。お花がもっと小さい頃は、如何に可愛らしかったかを錦に話して、

「でもよ、所詮は血の繋がりのないせいか、少しずつ逆らうようになって……それでも、オシャマで可愛かったぜ。それが、あんな無残な姿に……」

亡骸の確認のために、番小屋で見せられたというが、留蔵は自分でもどうしてよいか分からないほど、涙が出て震えたという。

「こんな目に遭うなら、引き止めておくんだった。ああ……」

頭を抱えて項垂《うなだ》れるのを、錦はじっと見据えながら、

「どうして別れたのですか」

「いつものちょっとした喧嘩だ……なのに、おつたの奴、黙って出ていきやがった

……普請場から帰って来たら、たった一枚の書き置きを残しただけで……」

「突然……だったということですか」

「ああ。普段なら、朝、喧嘩をしたとしても、夕餉の頃にはケロッとしてる、可愛げのある女だった。なのに……」

「もしかしたら、ずっと我慢していただけかもしれませんよ」

錦が短い溜息をつくと、留蔵は申し訳なさそうに頷《うなず》くだけだった。その姿を見て、意外と気弱な男なのかもしれないと、錦は判断した。もっとも、そういう男ほど乱暴なことをするものである。

「嵐山親分が訪ねていったとき、火消しの邪魔をしたらしいですが、どうしてですか」

「えっ……」

「小火が火事にならないように、町火消の人たちは必死だったのでしょ」

「ふん。それは違うよ……先生は何も知らないからね」

留蔵は意味ありげな言い草で、錦を見やって、

「あの小火は、長屋を潰すためのもの。誰かがわざとやって、町火消を呼んだ。長

屋を壊す理由が必要だっただけだ」

「長屋を壊す……？」

「あの辺りは、『松嶋屋』という普請問屋の地所だからね。他の長屋もそうだが、新しく建て直したいんだ。大家もグルなんだよ」

「建て直してくれるなら、いいじゃないですか。あなた、大工なんでしょ」

「そりゃ多少はね。だが、俺たち貧乏人に居座られるのが嫌なんだよ。ろくに店賃も払えない住人たちを追い出したい。それだけの理由で、潰したいんだよ」

「だから、火を消すのを止めたかったのですね」

「ああ。そうだよ……」

「何か深い事情があるようですが、それでも乱暴はいけませんよ。特に地主だの大家だのに手を上げると、磔ですよ」

「えっ……」

「この大番屋の中でも、その詮議中です……くれぐれも自重することですね」

　錦は助言のつもりで言ったが、留蔵の腹の中には何か曰くがあるのか、不満そうな顔つきになってフンと鼻を鳴らした。

「宜《よろ》しいですね。でないと、亡くなったお花ちゃんが可哀想ですよ」

面談を終えて帰ろうとしたとき、藤堂に呼び止められた。別室に連れていかれた錦に、藤堂は耳打ちするように言った。

「あの留蔵のことは、俺も後でじっくり取り調べておくが、先生はあまり関わらない方がいい。実は……人殺しに関わった疑いもあるんだ。娘のことではなく、昔のな」

「それは、どういう……」

驚いた錦だが、藤堂はそれ以上は、今は話せないと言った。ただ、深入りして錦が傷つけられるのを心配してのことだった。

「あなたに何かあったら、辻井《つじい》様に叱られますのでな、はは」

元吟味方筆頭与力の辻井登志郎《としろう》の組屋敷の離れに、錦は間借りをして、診療所も開いている。辻井は藤堂の元上役で、かなりしごかれたとのことだった。錦の父と辻井は大親友であるから、親戚のようなものだった。

「小父《おじ》様は叱ったりしませんでしょ」

「いえいえ。あの穏やかな顔で、ひとたび怒り心頭に発すると……誰も手がつけられませんよ。くわばら、くわばら」

冗談めいて言う藤堂だが、錦は分からないでもなかった。

「お心遣い、ありがとうございます。でも、今、私が見た限りでは、留蔵は罪を犯すような悪い人には思えませんでしたが」

「そこが人間の分からないところです」

「でしょうかね。何かあったら、またご教示下さい。真相が分からないと、どうも私、スッキリしませんので」

錦は却《かえ》って、留蔵やおつた、そして、お花のことをもっと知りたいと感じていた。

三

養生所見廻りの与力は一名、同心は三名おり、小石川まで出向いて詰めていた。交替で泊まり込みもしていた。

小石川養生所は享保年間、小石川伝通院前の町医者である小川笙船《おがわしょうせん》が、目安箱に訴願状を入れたことがキッカケで、時の将軍・徳川吉宗《とくがわよしむね》が設立した貧窮病者を治療する施設であることは、あまりに有名である。小石川御薬園の中にあり、診察所、介抱人部屋、病人部屋、薬煮所、入院病棟、医者や町方役人、勘定所出役人らの部屋など、千坪にも及ぶ。

錦の父親も、養生所見廻り与力であったが、実情を目の当たりにして、養生所の宰領職である肝煎《きもいり》医者に就いて医学を学び、その後、与力を辞して長崎に出向いて、きちんと修業をした後、養生所医として勤めた変わり種である。激務のせいか、早くに亡くなってしまったが、錦は養生所医者である父親の徳之助《とくのすけ》の側で、学問と実践に励んできた。

母親とはもっと早くに死別している。ゆえに、父ひとり娘ひとりで暮らしていたのだが、ほとんどは父の背中や横顔を見ていただけのような気がする。五歳で亡くなったお花が、留蔵のことをどう感じていたか、本当の父親のことを知っていたのかなど、気がかりになるのも、自分の父への情愛があるからである。

「これは、お珍しい。錦ちゃん……」

ふいに姿を現した錦に、沢村圭吾《さわむらけいご》が中庭から声をかけた。四十過ぎの養生所見廻り同心で、かつては錦の父親の下《もと》で勤めていた。

「失礼しました。番所医として偉くなったのに、子供の頃のように……」

「いいのです。沢村様には色々とお世話になりましたから」

「ですね。けっこうお転婆でしたから、養生所の備品も沢山壊しました」

「こらッ——」

錦がふざけて睨みつけると、沢村も「おお、恐いッ」と逃げる振りをしてみせた。それほど気心が知れているようだ。

「で、錦先生。今日は何の用で」

「本所見廻りの方は、奉行所内で達者伺いはしませんが、養生所医者に診て貰っているわけでもありませんからね。今日は〝堅固〟を診る日だから来ました」

「そうでしたか。俺たちは何処も悪くないと思うが、折角だから診て貰いましょうか」

詰め部屋に行くと、薬煮所が近いせいか、きつい匂いが広がってきた。もっとも錦は慣れているから、どうということはない。養生所勤めの者たちも同じであろう。

目、口、舌などを望診《ぼうしん》しながら、錦は沢村の様子を窺ったが、自分で言ったとおり、悪いところは見当たらなかった。与力の佐竹《さたけ》と同心の内海《うつみ》も同様に、健康そのものであった。医者から体によい食べ物や漢方薬を貰っているからに違いない。

養生所の肝煎医者は町奉行支配で、二十人扶持で薬料として年に五十両貰える。他の医者たちはかつては、寄合医や小普請医という、いわば家禄のある者が任じられていたが、天保の治世では町医者が十五人扶持で雇われていた。七、八人が常駐していたものの、本道・外道・眼科など多岐にわたるので、かなりの重労働だった。その医者たちの〝堅固〟も、番所医が診ていたのである。

「――ところで……」

錦は訪ねてきた本当の狙いを、沢村に訊いた。お花のことを話してから、その母親らしき女がいないかと尋ねたのだ。

「えっ……どうして、そんなことを？」

「実は以前、似たような事件があったのです……まだ三つくらいの子供が、川で溺死しているのが見つかりました。でも、二親とも何処の誰か分からないまま、葬られたのです」

「ああ。もう三、四年前になるかな。たしか花川戸の方で……」

「ええ。その後、母親が見つかったのは見つかったのですが、体を悪くしていて町医者に担ぎ込まれていたのです。小さな子は母親を探しに出歩いている間に、掘割に落ちて流されたと見られました」

「では、今度の子もそうだと……」

「分かりません。でも、母親とはぐれたとも考えられます」

「うむ……」

「その三歳児の母親は、心も病んでいて、子供を放置したとも思われましたね。もし、養生所に身許が分からない女が担ぎ込まれるようなことがあれば、奉行所に報せて下さい。ちなみに、お花ちゃんの母親は、おつたという名だそうです」

「分かった。心得ておきましょう」

沢村に言われて安堵した錦は、微笑み返して立ち去ろうとした。

その時、突然、幼い子の火が付いたような泣き声が起こった。廊下を隔てた、病人部屋からである。錦は勝手知ったる養生所内なので向かおうとすると、

「大丈夫です。あの子は、特に病があるわけではないのだが、ここで一時、預かっているのです。親が乱暴するので」

「ええっ……」

「怪我は大したことはない。ただ、親を怖がって家に帰りたがらない。町名主らが面倒を見ることもあるのですが、親が変な奴だとなかなか対処が厄介で。ここなら、安心して……とにかく、妙な世の中になったものだ」

困ったように眉間に皺を寄せた沢村は、柿葺《こけらぶき》の病棟に向かうのだった。

その日の夜のことである。

八丁堀の辻井の組屋敷の離れ、つまり錦の診療所に、北町同心の佐藤秀三郎《さとうしゅうさぶろう》が訪ねてきた。人足改火除地掛《にんそくあらためひよけちがか》りである。この職は、火事場における町火消鳶人足の指導や、延焼を防ぐための火除地の管理が主な仕事である。

百万の人が住む江戸では、かつての明暦の大火など、江戸城も巻き込むほどの大火事があり、甚大な被害が続いていた。それゆえ、享保年間には町火消の創設とともに、江戸城への類焼を防止するため、城北界隈を中心に十数ヶ所の火除地が作られた。

むろん、火除地はただの空地ではなく、小石川もそうだが、薬草園や旗本の馬場として使い、両国橋西詰めのように、昼間は露店や見世物小屋を開かせることもあった。佐藤ら人足改火除地掛りの与力や同心は、ふだんから風烈廻《ふうれつまわ》りらと連携しつつ、防火に努めていたのである。

それに加えて、本所深川も入れて六十四組もある町火消の出動要請、現場での騒動が起こらぬように配慮する役目もあるため、かなり神経を使う仕事であった。ちょっとした差配違いで、火事を広げて人命を失わせる結果にもなりかねないからだ。

与力が三人、同心が六人いるが、一万人を超える町火消の鳶人足を纏《まと》めるのは大変で、日頃は、各組の世話役や頭取、組頭などが統制を取っている。

だが、ひとたび火事が起これば、現場に駆けつけ、消火活動が適切であるか、延焼を防ぐことができているか、予め決められている組同士の連携ができているか、逆に縄張り争いがないか、野次馬の排除が適切か……などの問題にすみやかに対処しなくてはならない。そして、消火後には、火事の原因が何であったかも、克明に調べなければならない。ゆえに、疲労が蓄積する激務である。

「錦先生……先日の望診のときに貰った薬は大層、効いたんですがね、どうも胸がチクチク痛んでしょうがないんですよ」

佐藤は眉間に皺を寄せて、胸を抱えるようにして背中を丸め、かなり辛そうであった。もしかしたら心疾患や肺炎、それが原因の腹膜炎なども考えられる。錦が丁寧に診てみると、過労が原因と思われる五臓の疲弊があるように思えた。

「――過労、ですか……」

しんどそうに頬を歪める佐藤は、勤務が長く、精神的な疲労もあるようだ。放置しておくと、単に体がだるいとか、頭痛がするなどの症状だけではなく、仕事のやる気が起きなくなり、物事を悪いように考えるようにもなる。疲労回復には、滋養を取ることだが、いわゆる〝気血水《きけつすい》〟の均衡が悪くなると、心まで痛んでしまうのだ。

「まずは、補中益気湯《ほちゅうえつきとう》と人参養栄湯《にんじんようえいとう》を施しておきますね。いずれも疲労強壮に効きますから。辛そうなので、年番方与力の井上多聞様に申し出て、少し休ませて貰いましょう」

「いや、それは……できません」

「どうしてです」

「俺の代わりがいないからです。同心仲間にも迷惑がかかる。疲れているのは俺だけじゃありませんからね」

根が真面目なのであろう。佐藤はとにかく急場を凌《しの》げる治療を欲していた。職務を休んでも、与力や同心は報酬が減るわけではないので、女房子供の暮らしは困らない。だからといって、休むことに佐藤は抵抗があったのだ。

「気持ちは分かりますがね、佐藤さん。激務に耐えられない与力や同心は休ませるようにと、奉行から命じられております。大袈裟ではなく、町奉行所の兵卒なのですから、思わぬ失敗があれば、困るのは町場の人びとだからです」

「まあ、そうですが……」

「これは、あなたのせいではありませんが、過日、小火に過ぎないのに、長屋を一棟、壊すまでして消火したと聞きました。火事のことは門外漢ですが、必要な処置だったのでしょうか」

錦は留蔵の一件のことで、思い出して話したのである。

「ああ……本所は今川町の伝助長屋のことですな」

「ご存知でしたか」

「南組四組の縄張りでね。少しばかり事情があるのです」

「事情……どういう事情でしょう」

「それは……」

少し言いにくそうに、佐藤は口ごもったが、

「錦先生だから話しますがね、伝助長屋の地主は普請問屋の『松嶋屋』で、あの辺り一帯の地所を持っており、おおむね南組四組の支配地と一致するんですな。だから、南組四組の町火消鳶人足たちは、『松嶋屋』に食わせて貰っているようなものなんだ」

「なるほど……でも、小火程度で壊すというのは、あまりに乱暴な気もします」

「『松嶋屋』の主人、倖左衛門《こうざえもん》の話では、十年余り前のことだが、失火を見逃して延焼が広がったために、その轍は踏みたくないと、壊してスッキリしたいそうだ」

「スッキリ……」

「住人が死ぬなど万が一のことがあれば、それこそ町奉行所から責められるからな……まあ、地所も建物も自分のものだから、遠慮なくできるのだろうが」

「それにしても、建て直すとなれば、お金がかかるではありませんか」

「そこは普請問屋だから、色々と旨味があるのだ」

「旨味……」

「商家や長屋、料亭などの建物は、万が一の火事に備えて、〝請負講《うけおいこう》〟に入っている。近頃は、両替商や札差が〝講〟として、多くの地主や家主、大店などから金を集めて、火事に備えている」

今で言えば、火災保険であろうか。幕末には、西欧の損害保険の制度を真似て、〝火災請負〟とか〝海上請負〟が誕生している。その折、〝災難請負〟という商人組合を作って、万一の災難が起これば、組合が救う仕組みができた。保険という言葉は明治になって使うようになったが、享保年間以降は、同業の問屋組合などが〝担保〟として金を集めて、万一に備えていた。

「だから、『松嶋屋』からすれば損はしない。それどころか、〝請負講〟から入る担保金から、普請費用を引いて儲けている。商いをする者は色々と考えるものだ」

「そうなんですか……考えようによっては、火事になった方が儲かるのですね」

留蔵が牢部屋で話していた内容とは、このことかと錦は思った。

佐藤は呆れたような声で、

「たしかに儲かるかもしれぬが……そもそも、江戸の大工に仕事が多いのは、火事があるからだとも言える。しかし、俺たち火除地掛りから見れば、なんともやりきれない気もする」

「やりきれない……?」

「だって、そうではないか。今、先生が言ったとおり、火事場泥棒みたいなものの手助けをしている……とも思えるからな」

自虐めいて言う佐藤は、そのようなことばかり考えているから、心も痛めるのではないかと錦は思った。自分は悪くはないが、何か悪事に加担したような気分になったとき、人は自分の責任だと感じる。佐藤はその気持ちが強いのであろう。

「憂鬱なのが……火事場見廻り役《かじばみまわりやく》に呼び出されて、話をしなきゃいけない……この前の伝助長屋のことも含めてね……ああ鬱陶しい。いやになってくる」

すっかり落ち込んだ佐藤を見ていると、今にも塞ぎ込んでしまいそうだった。

錦は余計、心配になって、年番方与力からの命令という形で、休暇を取らせようと判断するのだった。

四

火事場見廻り役というのは、享保年間に作られた役職で、寄合《よりあい》旗本から選任された。

大きな火災の折には、一万石以上の大名や大身旗本の屋敷がある地域を巡察するのが、主な務めである。中でも、鎮火後の検分が最も重要な使命であった。

佐藤たち町方同心は、旗本の火事場見廻り役に随行して説明するのに神経を使うようだ。そのため、錦は、お花の事件絡みということで、定町廻りの佐々木に佐藤の代役を頼み、火事場見廻りの大石主水亮《おおいしもんどのすけ》に随行した。

伝助長屋は町火消が壊してから、そのまま放置されていたが、火事場検分の後は片付けられて更地になり、新しい長屋が建つことになっているという。

立会人は、町名主の仁兵衛《にへえ》と地主である『松嶋屋』倅左衛門である。

仁兵衛は何処にでもいる隠居風だが、倅左衛門の方は意外と若かった。まだ三十半ばくらいだが、珍しい赤毛で、髷にはもう白いものが混じっていた。

地所は父親から数年前に受け継いだらしいが、実質、今川町の地主みたいなものだから、仁兵衛の方が揉み手で接していた。

大石主水亮は寄合旗本という無役ではあるが、若年寄支配の上級旗本ゆえ、形式

的なことしかしない。倖左衛門の説明を聞いて、頷いているだけである。そして、最後に、

「相分かった。よきに計らえ」

とだけ言って、事前に用意された検分書に署名をするだけであった。

よほどの事件性があれば、町奉行が直々に乗り出してくるが、そうでない事案を事務処理しているに過ぎなかった。

「どうも、ご足労おかけ致しました」

倖左衛門は深々と挨拶をしてから、袱紗《ふくさ》に包んだ金を差し出した。厚さから見て、十両ほどであろうか。大石は当然のように、一際背の高い供侍に受け取らせて、自分は黒塗りの武家駕籠《かご》に乗り込んだ。六尺を含めて十人ばかりの供の者たちは、厳かな歩みで立ち去った。

一連の様子を傍観していた錦は、意外とあっさりとしたやりとりに、

「これで、よいのですか？」

と倖左衛門に訊いた。

「ええと、番所医の八田様でしたかな。何か問題でも」

商人にしては、あからさまに人を見下したような態度が鼻についた。錦自身も知らぬ人からしたら、素っ気ない冷たい女にしか見えないであろう。

「火事場検分というのは、出火の元と延焼具合、それから怪我人がなかったか、家主や地主の手落ちはなかったかなどを、もっと詳しく調べると思っていましたが」

「ええ、調べましたよ。町火消・南組四組の頭取、長次郎《ちょうじろう》さんがキチンと検分し、このように書き記してくれてます」

「それを見るだけですか、大石様は……」

「見るだけと言いますがね、場数を踏んでいる御仁ですし、この状態と火消しに当たった頭取の調べ書きで、お上に届け出るものですから、いい加減なものではありませんよ」

「でも、その大石様の署名がなければ、〝請負講〟から、お金が下りないんですよね」

「え……？」

「火除地掛りから聞きました。つまり、新たに長屋を建てる普請費は〝請負講〟から賄うってことですよね。で、ここ何年かの今川町の火事を、町会所で調べてみたのですが、ええと……」

錦は持参していた紙切れを見ながら、

「六軒の商家と、二軒の武家屋敷、それから十三軒もの長屋が火事になって、それらは使いものにならないくらい燃えたために、新たに建て直されました。すべてにかかったお金が、今川町だけで一万八千両余り」

「……」

「凄いですね。これって、一年間の江戸町会所にあてがわれた費用に近いですよね。この今川町は意外と費用が潤沢で、年間六百両、つまり江戸町年寄並みの資金があるわけですが、『松嶋屋』さんはこの数年で、〝請負講〟で入った金から普請費用を差し引くと、三千両くらいの〝焼け太り〟をしている計算になります」

錦が淡々と言うと、倖左衛門は冷笑を浮かべて、

「焼け太り……他人の懐具合見たさに、算盤《そろばん》を弾くのは勝手ですけれどね、家を失った人の暮らしや子供への手当て、怪我をしたり病に罹ったりした人への薬代や見舞金などが発生するんですよ。私の懐だけに入るわけではありません」

「いいえ、入っているんです」

別の紙切れを、錦は懐から出して、それを見ながら、

「普請問屋として『松嶋屋』が売り上げた額は、北町奉行所の会所掛り、諸職調掛り、ついでに定橋掛りなどから調べてみましたら、あなたが家業を継いでから五年間で、なんと三十万両。幕府の年間普請費用の半分近くの額です」

「……」

「もちろん、『松嶋屋』さんよりも、もっと大儲けしている普請問屋や材木問屋は何軒もあります。でも、その多くは公儀普請に関わっているからで、江戸市中の至る所で起きた火事の建て直しだけで、こんなに稼いでいるところはありませんよね」

錦はまるで吟味でもしているかのように、倖左衛門に迫った。

「しかも、自分の地所で、これだけの火事を出しながら、地主や家主として責任を取らされるどころか、儲けているのですから、少し考えればおかしいと思うのがふつうです」

「何が言いたいんですか……」

「わざと火事を起こして、〝請負講〟を利用して儲けているのではありませんか」

「馬鹿馬鹿しいッ」

倖左衛門は少し気色ばんで、強い口調で言ったが、錦は怯むどころか相手の顔を覗き込むようにして、

「そうですよね。だから、ここの住人だった留蔵さんは小火くらいで壊すなと、町火消たちを止めていたのではないですか。ええ、十手持ちの嵐山親分からも聞きました。そうですよね、佐々木様」

「え、ああ……」

同意を求められて、佐々木は曖昧に答えた。その様子をジロリと睨んでから、錦は、

「おや。佐々木様も、ご足労賃を貰いましたか」

と倖左衛門を振り返った。

「大工の留蔵さん、分かりますよね」

「さあ、長屋に誰が住んでいるかなど、一々、承知してませんがね、大家に任せているから。でも、大工なら、うちからも普請に際して駄賃を支払っているはずだ」

「働かせれば給金を出すのは当たり前です。それより気にならないのですか？」

「何がだね……」

「聞いてらっしゃらない」

　錦が迫るように問いかけたが、倖左衛門は鼻白む顔になるだけだった。

「留蔵さんの娘、お花ちゃんが水死体で見つかったのです。もしかしたら、留蔵さんのせいかもしれないと、大番屋の牢で調べられております。誰からも聞いていないのですか。佐々木様からも？」

「それは知ってますが……」

　チラリと佐々木を見て、倖左衛門は面倒臭そうに、

「旦那……なんなんですか、この女医者は……忙しいので帰りますよ。火事場のことを詳しく知りたければ、長次郎さんにでも聞くようにと教えて上げて下さいまし」

　苛ついて言うと、連れの手代と共に立ち去ろうとした。その肩に、錦は思わず手をかけた。とっさに、倖左衛門が払って、

「何をするんだね」

「雲脂《ふけ》だらけですよ。この髪では、禿げるのも早いかもしれませんね」

「ふざけるなッ」

　乱暴に言うと、倖左衛門は足早に離れていった。その後ろ姿を見送りながら、

「ふうん……ああいう人なんだ」

と錦は冷ややかに洩らした。隣に立っている佐々木は、なんだかバツが悪そうに、

「別に法に触れてるわけではないし、目くじら立てなくても……それに誰かが損をしたって話でもないだろう」

「さあ、どうかしら。見えない所で苦しんでいる人がいるかもしれませんよ、お花ちゃんみたいに」

「なんだと。火事と関わりがあるというのか」

「病もそうですが、原因はひとつではありませんよ。気血水や五臓の流れや繋がりが悪いと、色々な所に滞りや弊害が出ますから……それより、佐々木様。袖の下を貰って喜んでいないで、『松嶋屋』さんのこと、もう少し調べてみた方が宜しいかと存じますよ」

何かを確信したような錦の話しっぷりに、佐々木も少し背中を押された気がした。

五

お鶴が出てきて、如何にも遊び人風の男が、おつたの昔の知り合いだと知って、悪《あ》し様《ざま》に追い返そうとした。するとおつたはまるで庇うかのように、

『お義母《かあ》さん。この人は、久松さんといって、私の幼馴染みで、兄のような人なんです。変な人じゃありません』

『私も亡き亭主が作ったこの店を、長年やってますからね、どんな人間かくらい、一目見りゃ分かります。それに、あなたは先刻から、この辺りをうろついてた。雨が降り出したので、雨宿りを装ってきたようですが、端《はな》から、狙いはおつただったのではありませんか。それとも、店の金でもたかる気ですか』

まるで人を見れば泥棒と思えとでも言いたげに、お鶴は責め立てるように突っかかった。久松の方は苦笑いをして、

『こんなお義母《かあ》さんがいれば心強い。おつた、幸せになるんだぜ』

と雨脚が強くなった中を駆け出して行ったのだった。

「――ですが……」

五兵衛は情けない顔になって、嵐山に告白でもするかのように、

「おふくろの勘は当たってたんです。久松はそれから時々、店に顔を出すようにな

って、ちょっとした物を買ってくれたりしたのですが……おったは店番を休んで、久松と出ていくこともありました」

「亭主のくせに、そんなこと、よく認めたな」

「そりゃ、私だって気持ちは穏やかじゃありませんでしたよ。でも……本当に仲の良い兄妹みたいだったし、久松と会った日には、おったは嬉しそうにしてたので、私もたまにはいいかなと……」

「脳天気だな。それで、女房は久松に孕《はら》まされたってわけかい」

「ええ、まあ……」

「姑に追い出されたって話だが、おまえの子かもしれないじゃないか。どうして、言いなりになったんだい」

「それは……おったが、久松の子だとハッキリ話したからです」

「……」

「何にしろ、不義密通をしたような女ですから、おふくろとしては許すことができず、法で裁いて貰うなんて言い出したから、事を荒立てたくないと……」

「で、おまえも出て行くのを認めたのかい。酷《ひで》え奴らだな……腹が大きくなって生まれりゃ、考えも変わるだろうに」

「むしろ、赤ん坊の顔を見て余計に、私どころか、『鶴屋』の先祖や親戚にもまったく似てないと、おふくろは言い出して……赤ん坊と一緒に追い出してしまったんです」

「言い訳ばかりだな。おまえみたいな奴と一緒にいても、おつたと娘は不幸だったかもな。この寺で、せいぜい罪をあがなうがいいぜ」

他人事《ひとごと》ながら、嵐山はあまりの無責任さに腹が立ってきた。苛立ち紛れに、住職に向かって、「こんな奴は二度と寺から出さないでくれ」とまで言った。

とまれ――五兵衛の話から、久松という遊び人のもとに、おつたは行ったのではないかと判断した嵐山は、やくざ者や下っ引を使って手当たりしだいおつたを探すのだった。

三日後、浅草寺近くの長屋に住んでいるという久松を見つけ、嵐山は訪ねていった。そこには、お澄《すみ》というアバズレ女も一緒に住んでいて、昼間から寝床で酒を飲んでいるような半端者だった。

嵐山の姿を見た途端、久松はなぜか慌てて布団から這い出て逃げようとした。とっさに追いかけようとした嵐山の足に、お澄はしがみついたが、軽く蹴られて吹っ飛んだ。

裏通りに飛び出して走り去ろうとしたが、下っ引が三人ばかり張り込んでおり、すぐに捕らえた。久松は怒鳴りながら大暴れしたが、嵐山に張り手を食らわされ、そのまま近くの自身番に連れていかれた。

「俺が何をしたってんだよッ。賭場で勝ち逃げしたからって、罪なのかよ」

土間に座らされた久松は、大声で喚《わめ》いて縄を振り解こうとしたが、番人に羽交い締めにされて、大人しくなった。

「逃げたのはそういう訳かい」

嵐山が十手を突きつけると、久松は意外な目になって、

「えっ。じゃ、なんで岡っ引が……」

「おつたは何処にいる」

「──おつた……ああ、『鶴屋』に嫁にいったけど、追い出されたってな。その後、誰だったか、大工と一緒になったそうな」

「そこまで知ってるってことは、近頃、会ったんだな」

襟首を掴む嵐山に、久松は素直に頷いて、

「あ、会ったよ……おつたの方から訪ねてきたんだ、俺の長屋に」

「おまえの居場所を、おつたは前々から知ってたのか」

「一度、文をくれたことがあるんだ。二度目の亭主もつまらないから、会ってくれって」

「会ったのか」

「ああ、一度だけな」

「どんな話をしたのだ。亭主の愚痴を言っただけか。それとも寝たか」

「おつたには迫られたけど、俺にだってもう、お澄がいるし……ほら、さっき長屋で」

「会ったのはいつのことだ」

「もう二月くれえ前のことだ。いきなり現れて、小さな女の子を連れてて、俺の子だといきなり言いやがって」

「おまえの子らしいぞ」

「知るかよ」

「本当に知らなかったのか。そのせいで、『鶴屋』を追い出されたのだぞ」

「昔のことじゃねえか……そういや、その時も、赤ん坊を抱えて俺の所に来て、『おまえさんの娘だから、これから一緒に暮らして』なんて言われたけど、冗談じゃねえやな。俺の知らない所で産んだガキのことなんざ」

「酷い男だな。おつたは、おまえだけが頼りだったんだろうに」

「関わりねえだろ。本当に俺の子かどうか分からねえしよ」

面倒臭そうに久松は言って、

「そういう女なんだろうよ。この前も『鶴屋』の姑の悪口を散々言って、二度目の亭主のことも、ろくに働かないで娘を虐めるとかでな……たしかに体中、傷だらけだったっけ」

と明らかに関わりたくないという顔で、横を向いた。

「おまえが、いたぶったんじゃねえよな。お花を……娘の名だ」

「するわけねえだろうがよ」

「死体で見つかったんだ。可哀想に土左衛門でな」

「――えっ……」

言葉を失って、久松は嵐山に振り向いた。

「し、知らえよ……おつたは……」

「行方が分からないから、こうして探してるんじゃねえか。俺はてっきり、おまえがふたりを殺したんじゃねえかと思ってた」

「な、な、なんで、そんなことを……」

狼狽する久松の胸ぐらを、もう一度摑み直して、

「おまえの居所を探している間に、色々と悪い噂が耳に入ってきたからよ。女を食い物にして生きてるろくでなしだってな。おつたにだって、相手が惚れてるのをいいことに、『鶴屋』の金をせびってただろうが」

「おつたが勝手にくれてたんだよ……」

「子供ができたら捨てたのか」

「抱いてくれってせがんできたのは、向こうだぜ、おい」

「なんでも相手のせいなんだな。それで面倒臭くなって、母子共に殺したか」

顎の下に十手の先を突きつけた嵐山は、叩きつけるような声で、

「正直に話しやがれ、このやろう！」

「ひっ……知らないって……」

「じゃ、おつたは何処へ行ったんだ。きちんと話してみろ！」

よほど嵐山の態度が恐かったのか、俄に久松は情けない顔になって、

「ほ、本当に何も知らないですよ……お澄に聞いてみて下せえよ……おつたは娘の手を引いて俺の所に来たけれど、お澄がいたから、そのまま何処かに行っちまったんだ。ほ、本当だって……」

と泣き事を言った。

嵐山はそれを信じたわけではないが、まったくの嘘でもないなと感じた。何でもいいから気づいたことを話せと、縛り上げている体を乱暴に蹴った。久松は悲鳴を上げながらも、

「――そういや……妙な男が一緒だった。ああ、おつたには連れがいたんだ……」

「出鱈目《でたらめ》を言うな」

「本当だよ。ちゃんとした侍みたいだった。家紋までは分からないが、羽織を着ていて、長屋の表で待ってた」

「信じられないな。てめえのせいにしたくなくて、嘘の上塗りか」

「嘘じゃねえ……会えば分かる。顔はハッキリと覚えてる。なぜなら……前にも見たことがあるからだ」

「前にも？」

「ああ。何処の誰兵衛かは知らねえが、ある武家屋敷の火事場にいた」

「火事場だと……！」

嵐山の顔色がみるみるうちに変わり、その目は疑念の色を帯びていた。

六

その侍が、錦の診療所にしている辻井の屋敷に姿を現したのは、錦が北町奉行所への達者伺いから帰ってきた夜だった。
周辺は八丁堀与力と同心の組屋敷だらけであり、番小屋もあったから、不審な者はほとんどいなかった。だが、辻灯籠にぼんやり浮かんだ背の高い侍は、顔がハッキリとは見えず不気味な感じがしたが、
──あの時の……。

と錦は思った。火事場見廻りの大石に、『松嶋屋』倖左衛門が金を手渡したとき、受け取った供侍である。冠木門の屋根に頭がつくかと思えるほどの背丈だ。

「何か御用でしょうか」

錦の方から声をかけると、待ち伏せしていた羽織姿の侍は、

「札は『本日休診』となっておるが、これは合い言葉かなにかかな」

「え……？」

「なに。遠山左衛門尉様お気に入りの女医者との噂ゆえな、何か特別な意味があるのかと」

「それは町奉行所に出向くときに、掛けておくものです。ここは元吟味方与力、辻井登志郎様の屋敷で、私は間借りをして診療所もやっているもので、患者さんに留守だと報せているだけです」

あえて辻井の名を出したのは、相手を牽制するためである。

「あなたはたしか……大石主水亮様の御家中の御方ですよね。今川町伝助長屋の火事場検分の折にいた……」

「さよう。栗原清次郎《くりはらせいじろう》という者だが、八田先生に忠告しておきたいことがある」

「なんでございましょう」

「『松嶋屋』絡みの火事のことを色々と調べているようだが、やめておいた方がよい……この『本日休診』というのは、何か事件探索をしているという目印でもあるとか」

「知っているんじゃないですか。番所医ですので、殺しや事故、不審死などがあれば検屍や事件のあった場所の検分に立ち合うこともありますから」

灯籠に浮かぶ栗原の顔を、錦は見上げた。並みの男より背丈のある錦でも、首が折れるほど聳えている。

「火事場の検分は、大石様のお役目である。たかが番所医が、あれこれと横槍を入れるつもりならば、当方としても、遠山奉行に掛け合わねばならぬ」

「必要があるなら、どうぞ。町奉行は町火消支配ですから、本来ならば火事場検分を自ら行わねばならぬところ、ご存知のように町奉行の仕事は多岐にわたっており、お忙しいので、寄合旗本の御方がやっているとか」

「うちの殿が、暇だと言いたいのか」

「誰もそのようなことは申しておりません。もし、火事場に死体でも出ていれば、町奉行が出向かねばなりません。『松嶋屋』さんの地所では、幸いそのようなことが一度もありませんから、遠山様が直々、動いていないだけでしょう」

「……」

「それに……わざわざ大石様のご家来が忠告に来たというのは、『松嶋屋』さんと通じているということですよね。だって、私がお話を伺ったとき、倖左衛門さん、随分と迷惑そうでしたから」

錦の態度があまりに堂々としているので、栗原は口元を歪めて、

「女と思って見くびっていたが、なかなか骨があると見た……だが、もう一度だけ忠告しておく。大石様の検分にケチを付けるようなことがあれば、こっちは……」

言いながら刀の鯉口を切ってから、パチンと鞘に戻して音を鳴らした。

「——斬る、とでもおっしゃるのですか。こうして脅してくるということは、火事場を探られてはまずい何かがあるということですね。よく分かりました」

「何が分かったのだ」

「私はただの番所医です。今夜あったことは、定町廻りの佐々木様にも伝えておきます……余計な詮索はしない方が身のためだとね」

「……」

「人足改火除地掛りの佐藤様も胸を痛めるくらい気を病んでいた訳が、はっきりと分かった気がします」

錦は軽く頭を下げると、門内に入っていった。その後を、追って入ろうとした栗原の前に、辻井家の中間・喜八《きはち》が立ちはだかり、

「本日は休診でございますので、先生に診て欲しければ、また明日にでも……それとも、急病でございますか」

と睨み上げた。ただの中年男であるが、辻井から錦の警固を頼まれているだけあって、肝は据わっている。

栗原は苛ついた顔で睨み返したが、そのまま背中を向けて立ち去った。

同じ夜――遅くなってだが、嵐山が錦のところに駆けつけてきて、お花の実の父である久松と会って調べたことを話した。

久松が見た男というのは、背丈や風貌から、先刻、脅しをかけにきた栗原に違いないと、錦は判断した。

「えっ。錦先生に、そんなことを……！」

嵐山はやはり自分が遭遇した長屋の火事は、ただ事ではなかったのだと、改めて思った。『松嶋屋』が自分の地所にある建物を火事にして壊した上で、〝請負講〟から金を払わせて再建し、その差額で儲けていることは、間違いないと判断した。

「私はね……それと同じ遣り口で、『松嶋屋』が江戸のあちこちで、火事を起こしていたと思っているんです」

「火事を起こす……」

「自分の地所ではない町では勝手ができませんが、予め〝請負講〟をかけていた所ならば、『松嶋屋』が出向いて、すぐに普請を請け負うことができるでしょう。その際、火事場検分をした大石様の口添えがあれば、家主や地主は『松嶋屋』に頼むでしょうね。〝請負講〟から費用も出ることだし」

錦の考えを聞いて、嵐山は納得した。

「なるほど……乱暴なやり方だなあ。付け火なら死罪だ」

「ええ。親分、気になりませんか？」

「だとしても……そのことと、行方知れずのおつたや、お花の死が関わりあるんでしょうかね……おつたと一緒にいた栗原って奴が何か知ってそうだな。ちょいと俺

「火事場検分に随行していましたし、昨夜、私の所にも脅しに来ました」

錦は倖左衛門の顔を覗き込んで、

「まさか、お旗本の大石様が、あなたと結託して、小火を火事にでっちあげて、〝請負講〟の金を巻き上げるわけがないでしょう。大石様は言われるがままに署名をしただけ……あなたと組んでるのは栗原さん、ですね」

そこまで話したとき、離れの障子戸が開いて、栗原が出てきた。話が聞こえていたのか、表情が強張っている。

「ほら、いるじゃないですか。だって、嵐山親分が、ずっとあなたのことを張り込んでいたんですもの」

「……」

「長次郎さんが訴え出たから、事後対策ですか？」

迫るように錦が言うと、栗原は刀に手をかけて廊下に踏み出てきたが、倖左衛門の方がそれを制止して、

「ここでは、まずいですよ」

と言った。

「何処なら、宜しいのでしょうか。おつたさんのように斬り殺してから、海に捨てますか。それとも火除地にでも埋めますか」

「女……なめるなよッ」

栗原はズイと踏み出してきて鯉口を切った。カッとなったら自制の利かぬ人間のようだった。このような男は刺激しない方がいいが、罪を犯した者ならば馬脚を露《あら》わし易い。錦はわざとからかうように、

「どうぞ、斬ってみて下さい。すぐに捕まりますよ。そして余罪が出る」

と睨み上げた。

何事かと番頭や手代らは、おろおろと離れていった。倖左衛門は栗原の前に立って、

「挑発に乗ってはだめです、栗原様」

と錦の方を向き直った。

「この女医者は何も摑んでおりません。ただハッタリをかまして、揚げ足を取ろうとしているだけです」

「その場には、倖左衛門さん。あなたもいたのですか？」

「えっ……」

「おつたさんを殺したときです。だってね、お花ちゃんの小さな手には、色々な塵芥と一緒に、赤毛が握られていました。ええ、あなたの髪の毛と同じような色です」

「……」

「塵芥はもちろん、着物や体に付着したものはぜんぶ残しています。何処をどう漂流したかを後で調べて貰うためです……町奉行所には定橋掛りや定川掛りもありますが、遠山奉行から船手奉行にも頼んで貰って、川の流れや潮の満ち引きの刻限などとともに克明に測り、死体が何処をどう辿ってきたかを調べたのです」

　錦は淡々と、倖左衛門と栗原を見ながら、講釈を垂れるように、

「そしたら、最初に落ちた場所がおよそ分かるんですね。それは今川町でした……ええ、この辺りです。目の前の仙台堀川に落ちたと思われます。昼間は川船が多いので木屑なども浮かんでおり、米の磨ぎ汁も溝から流れてきている……お花ちゃんの口の中にもありました」

「そんなのは何処でも……」

「磨ぎ汁なんて何処にでもありますがね、この髪の毛は……あなたのですよね」

紙に挟んだものを差し出して見せてから、錦は倖左衛門の髷や鬢《びん》にあてがった。

「小さなものですけれど、南蛮渡りの顕微鏡や虫眼鏡でよく見えるんです。診療所でも使いますがね。奉行所でも検屍のときには重宝してます……あなたの毛も拝借して、きちんと比べました」

倖左衛門は一瞬、火事場検分のとき、錦が肩の雲脂を取ったことを思い出した。

――もしや、その時……。

と思ったが、倖左衛門は口にしなかった。

「では、おつたさんとお花ちゃんが、どうして、この辺りにいたかということです。その日は、神田の町医者、井本有胤先生の診療所から出て、伝助長屋に戻ったと思われます。そう書き残しているからです」

「……」

「その時はまだ、伝助長屋は火事で壊されてませんものね。でも、ここで、おつた母子に会ったことで、伝助長屋も壊さなければならない事情ができた……そうでは、ありませんか？」

黙って聞いている倖左衛門に、錦は畳みかけるように言った。

「留蔵さんは前々から、小火なのに町火消が壊すことに疑念を抱いていた。だけど、あなたは鼻薬を利かせて、普請の仕事もやるからって黙らせた」

「……」

「おつたさんは、その話を知って、『そんな地主と関わるのは、もうやめた方がいい』って、別の所で暮らそうと提案した。けれど、留蔵さんは他で使いものになる腕かどうか分からないし、あなたに従っていた方が楽に稼げるから、伝助長屋に居続けようと言った。それで夫婦喧嘩になって、おつたさんは飛び出してしまったんです」

「……」

「それが二月も前のこと……」

微かな望みを抱いて、久松を頼ったことなどを話してから、

「そこになぜか栗原さん……あなたがついて来ていた。どうしてなのでしょう」

と栗原を見やった。どうして知っているのか不思議そうだったが、久松が話したことは告げず、錦は続けた。

「その後、おつたさんが何処でどう暮らしていたかは知りませんが、あなたは見張っていたのですね……おつたさんが〝請負講〟のことを誰かにバラさないか、用心していたのですね。私の動きが気になったように」

「……」

「でも、おつたさんは、そこまで考えてなんかいなかったと思いますよ。ただただ、ここの暮らしから逃れたかった。そして、苛立ちからつい、子供に手を上げていた……」

錦がそこまで話したとき、倖左衛門は「もういい」と手を掲げて、

「おまえさんの与太話に付き合うつもりはない。帰ってくれ」

「出鱈目ではありませんよ。留蔵さんが話したことです」

錦が断ずるように言うと、佐々木と嵐山に連れられた留蔵が、店の中に入ってきた。倖左衛門は驚いて見やったが、

「旦那……正直に話して下せえ……俺の女房と娘まで殺したんですかい……あれだけ手を出さないと誓ってくれたじゃないですか……なんで、そんなことを……」

と言った。

「――何を言い出すのだ、おまえは……」

「何度も頼みましたよね。あんな真似はやめてくれって……火事に仕立てて儲けるのはやめてくれって……女房は恐ろしくなって、出てっただけなんです……」

留蔵はすでに大番屋で、佐々木らに話したことを繰り返した。

「俺の女房は、長屋から出て行く少し前、倖左衛門さんと、そこの栗原って人が話していたのを聞いたんです。だから、俺に一緒に長屋を出ようと言いやした。でも、俺は……」

「下らぬ。しょうもない話だッ」

倖左衛門は話を止めて、

「こんな子供をいたぶっていた男のことを、旦那方は信じてるのですか」

と言うと、佐々木は首を横に振って、

「時々、感情にかまけていたぶってたのは女房だ。だが、それでは、おつたの世間体が悪いだろうし、自分も至らなかったと、留蔵はてめえがしたことにしてたんだ」

「……」

「長屋に戻ろうとしたおつたに、倖左衛門、おまえはバラすつもりだろうと詰め寄った。おつたは恐くなって逃げようとした。だから、栗原……あんたが斬り捨てて川に落とし、倖左衛門、おまえはお花を投げ込んだ。その際、髪を摑まれたんだろうな」

「証拠があるんですか、佐々木の旦那……あなたにも散々、袖の下を渡したはずですがね。どうなんです」

「あるよ」

佐々木は簪《かんざし》を差し出して、

「おつたのものだ。留蔵が買ってやったものだが、すぐそこの……おまえの店の前の川底から見つかった。町奉行所の定川掛りってのは、浚《さら》うのが得意だからよ……お花が落ちた辺りと一致する」

「そんなものが証拠になりますかねえ」

小馬鹿にしたように言う倖左衛門だが、栗原の方がカッとなって、

「俺は関わりない！」

と、いきなり抜刀して斬りかかろうとした。すぐに嵐山が腕を摑んで、肘を捻り

折った。悲鳴を上げて座り込む栗原を見下ろしながら、嵐山は迫った。

「金の話じゃねえ。殺しについてだから、番屋まで来て貰うぜ。いいな。言い訳があるなら、そこでやればいい」

「馬鹿な。そんな理不尽なことがあるか。殺したのは、そいつだ。栗原だ。理由なんか知らない。斬ったのはそいつだッ」

取り乱したように倖左衛門は声を荒らげたが、佐々木は十手で鳩尾を打ち、手際よく縛り上げるのであった。

その日のうちに――。

倖左衛門はすべてを白状したが、肝心のおつたの死体があるわけではない。今でも何処かで漂流しているのであろうか。

短い命だったお花のことを思うと、錦はいたたまれなくなった。生まれてきて楽しいことがあったとは思えない。実の父親には接することもできず、嫁ぎ先から追い出された母親には〝虐待〟された。留蔵には少しは可愛がられたようだが、それでも義父ゆえ居心地は良くなかったかもしれない。

久松への思いが断ちきれなかったために、おつたが自ら招いた悲劇とも言える。

あまりにもお花が憐れ過ぎる。すべては大人たちの身勝手によって起こったことだ。おつたも久松も、嫁いだ男たちも姑も、そして倖左衛門ら……みんなが寄ってたかって、ひとりの小さな子を死なせたようなものだ。

錦は、遠山奉行に会って、子供を育てることを放棄したような母親、虐待を繰り返す父親などの支配下にある子供は、幸せに育つよう公儀が面倒を見るべきだと訴えた。

儒医の〝がはは〟先生こと山本宝真《やまもとほうしん》は、かつて捨て子村と呼ばれたところを、きちんと町にして、親のない子の面倒を見ている。錦も二度と、お花のような可哀想な子が出ないよう、町場でちょっとしたことを見かけても助けると心に決めた。

そんなことを思いながら、堀川沿いを歩いていると、何処か遠くで「土左衛門が上がったぞ。女みてえだぞ」と声が聞こえた。

——おつたさんかもしれない。

錦はハッとなって、声のする方に駆け出すのであった。

第二話　仇討ち風鈴

一

日本橋の袂には、強い陽射しの中、商売人らがひっきりなしに往来している。

その片隅で、駕籠舁《かごか》きがふたり、暇そうに行き交う人びとの姿を見ていた。ふたりとも日焼けした偉丈夫で、薄い袖無しに褌姿であるから、腕や足の筋肉はこんもり盛り上がっているのがよく分かる。

ふたりは空を見上げて、汗を拭いながら、

「眩しいな……お天道様てなあ、自分は暑くないのかねえ」

「暑いに決まってるじゃねえか。だから汗を掻いて、それが時々、雨になるんだ」

「そうなのか」

「ああ、偉い先生が言ってたぜ」

「じゃ、雲はなんだ。今も少しばかり浮かんでるがよ」

「ありゃ溜息だよ」

「へえ、そうなんだ。お天道様も辛いんだ」

「本当におめえは、物事を知らな過ぎるな。酒ばかり飲んでねえで、少しは本を読みやがれ」

「おまえだって読んでねえだろ。見てるのは、嫌らしい錦絵ばかりじゃねえか」

「オッ……浮世絵に出るような、いい女が来やがったぜ」

などと話していたふたりの近くに、八田錦が日傘もささずに歩いてきている。化粧気もなく、地味な柄の小袖姿だが、その美貌と凜とした歩く姿には、助平面《すけべえづら》した駕籠舁きでなくとも、誰もが振り返るほどだった。

「お姐さん。暑い中、歩いていると草臥《くたび》れるでしょう。どうです、駕籠なんざ」

「へえ。お安くしときますぜ。何処まで行きなさるんで」

ふたりは交互に声をかけたが、錦は振り向きもせず、涼しい顔で駕籠舁きの前を通り過ぎた。だが、チリンとひと鳴りした風鈴の音に、思わず錦は振り返った。

そのきらめいた表情に、駕籠舁きの大柄な方が、

「うわっ。別嬪《べっぴん》さん……何処のご新造さんでいらっしゃいますか。あっしは、江戸で一番の駕籠舁きの馬之助《うまのすけ》ってもんです。そいでもって、こいつが江戸で二番の竜吉《たつきち》ってケチなやろうでございます。以後、お見知りおきのほど」

と流暢に声をかけた。

「いえ。涼しげな綺麗な鈴の音がしたものですから」

「あ、これでやすか？」

馬之助は、駕籠の担ぎ棒にぶら下げている大きめの鉄の風鈴を指先で揺らして、

「前は水売りをしてたもんで、その時のをね。急ぐときには鳴らしながら走ると、みんな避けてくれるんでさ」

と説明した。

「あら、そう。お気をつけて」

それだけ言って立ち去ろうとする錦に、

「お姐さん。せめてお名前くらい教えてくれやせんか。もしご用命のときには、何処までもお迎えに行きますので」

「番所医の八田錦といいます」

「錦！──錦絵の錦ですか。うわっ。こりゃ驚いたッ」

何が嬉しいのか馬之助は大きな体で、ぴょんぴょん飛び跳ねた。

「しょっちゅう見てます。あはは。そうですか。で"ばんしょい"ってなアなんですか」

「おまえ、それも知らないのかよ。俺のこと、物を知らないって馬鹿にするくせによ」

相棒の竜吉が責めるように言うと、馬之助が訊き返した。

「じゃ、おまえは知ってるのかよ」

「知ってるわけねえだろ。もしかして、御番所と関わりあるのかな。だとしたら、俺たちゃ関わらない方がいいな」

などと話しているうちに、錦は遠ざかっていった。ふたりは、しなやかで美しい後ろ姿を見ながら、でれっと鼻の下を伸ばしていたが、竜吉の方が、「来たぜ」と肘で突いた。

馬之助が振り向くと、通りの対面にある両替商『越前屋』の軒看板の下に、武家駕籠が停まった。公用で使うのではない、権門駕籠と呼ばれる二人担ぎの小振りの駕籠である。それでも、黒漆塗りで扉にも上品な紋様が描かれている。

『越前屋』は周辺の大店《おおだな》より、一際目立つ金文字の軒看板で、日除けの暖簾も地面まで張られている長いものだ。長い暖簾は店の伝統を物語っている。

武家駕籠から降り立ったのは、いかにも能吏という顔つきと態度の男で、出迎えた若い主人を一瞥するだけで、店の中に入った。

店内では、奉公人から「女将さん」と呼ばれている女主人・おさえが正座をして待っていた。その後ろには、年配の番頭が控えていた。手代や小僧たちも緊張の顔で、ずらりと並んで迎えている。最上の客のようだ。

「お待ちしておりました、渡辺《わたなべ》様。ささ、奥座敷にお上がり下さいませ」

おさえが丁寧に頭を下げると、いつものことなのであろう、履き物をぞんざいに蹴飛ばすように脱ぐと、勝手に奥に繋がる廊下を歩いていった。すぐ後を、番頭が腰を屈めながら追いかける。

奥座敷に来ると、先代の主人である太郎兵衛《たろべえ》が待っていた。髷も鬢もすっかり真っ白の太郎兵衛からすれば、渡辺は子供くらいの年配であろうか。それでも四十過ぎと思われる。だが、態度は偉そうで、当然のように上座に座ると、「おい」と番頭に声をかけた。

すぐさま番頭が手を叩くと、店で働いている女中が高膳と酒を運んできて、渡辺の前に置き、「まずは一杯」と銚子を傾けた。

「うむ……」

渡辺は杯を受けて、ひとくちだけ飲むと、

「なんだ、これは。くそ不味い！」

と杯を太郎兵衛に投げつけ、高膳を足で蹴飛ばした。

「も、申し訳ございません」

女中は慌てて頭を下げた。渡辺はいきなり女中の手を摑んで引き寄せるなり、胸元から手を突っ込んで乳房を弄んだ。もう一方の手は着物の裾を乱暴にはだけて、下肢の方に這わせていった。

「ご、ご勘弁下さい……」

泣き出しそうな声で女中は詫びたが、渡辺はしばらく体を触り廻りながら、太郎兵衛に向かって苛々とした声で、

「こんな女しかおらんのか。おまえの娘の方がまだマシだぞ」

と廊下から入ってきたおさえを見た。

太郎兵衛は何も文句は言わなかったが、おさえの方は微笑みを湛《たた》えながらも、凛とした態度で渡辺に声をかけた。

「私のような年増が好みならば、いつでもお相手をさせて頂きます。でも、一応、人妻ですので、私は不義密通で、すぐそこの高札場に晒されることになります」

「ふはは。それも酔狂ではないか。ならば、亭主は俺を不義密通の相手として、仇討ちをせねばならぬな」

後から座敷に入って来た若主人の敏兵衛《としべえ》を、渡辺は見やった。何も答えず、もじもじしている敏兵衛を、おさえが振り返って、

「こいつには、そのような度胸はありません。私より五つも若いくせに、年寄りのように覇気がなく、何事も言いなりです」

「仕方があるまい。手代を婿に迎えたおまえの狙いは分かっておる」

「おや、なんでございましょう」

「表向きの主人が必要なだけで、ただの僕《しもべ》だ。夜の営みの方もな、ふはは……おさえ、いつでも儂《わし》は相手になるぞ」

本気か冗談か分からぬ言い草で、渡辺は大笑いをしてから真顔に戻った。そして、太郎兵衛を凝視して、

「おまえはもはや当主ではない。女ながら度胸のある娘のおさえを見込んで、おまえの失策を見逃してやったのだ。だから、由緒ある『越前屋』の看板も守ることができた。分かっておるな」

「——は、はい……ゴホゴホ……」

掠れた声で答える太郎兵衛を、渡辺は忌々しい目で睨み、

「煩わしい奴だ。寝間にでも行って寝てろ」

と追いやった。深々と頭を下げて、太郎兵衛は足腰も弱っているのか、よろよろと手代に支えられながら立ち去った。

心配そうに見ている敏兵衛に、おさえは険しい口調で、

「なにをグズグズしているの、おまえさん。早く御前に例の物を」

と言うと、「はは、只今」とまさに手代の態度で隣室に行き、すぐに手文庫を抱えて戻ってきた。手文庫といっても、封印小判が二、三十個入りそうな大きなもので、非力な敏兵衛には重そうだった。

渡辺の前に置くと、敏兵衛はおさえの後ろに隠れるように座った。

「今日の御御足代《おみあしだい》でございます。御前が勘定奉行になった暁には、御公儀のお金ももっともっと、うちに預けて頂き、運用を任せて下さいますよう宜しくお頼み申し上げます」

「みなまで言うな。おまえは、ご飯より小判が大好き。儂は金も大事だが、武士として生まれたからには夢がある」

「夢というより野望でございましょ？」

「それが叶えば、おさえ……儂の側室にしてやるよって、しばらく、その亭主で我慢しておるがよい」

「側室なんて嫌でございます。役立たずの奥方様を殺してでも、正室にして下さいませ。ねえ、私の大事な御前様」

お互いふざけているように言葉を交わすが、仮にも亭主の前で不埒な冗談を言うおさえという女には、渡辺自身ですらゾッとするものがあった。それほど男を魅惑する不思議な力があるのだ。

「では、長居は無用だ。おさえの顔を見ることができて、今日は良い日じゃ。ふはは」

立ち上がった渡辺は、今来たばかりの廊下を店まで戻り、キチンと置き直されている履き物を履いて、表に待たせてあった武家駕籠に向かった。後からついてきた敏兵衛は、深々と頭を下げて、武家駕籠に乗り込んだ渡辺に、先程の手文庫を差し出し、

「何卒《なにとぞ》、ご高配のほど宜しくお願い奉ります」

と震える声で言った。そして、扉を閉じようとすると、渡辺の方から、

「おまえも、なかなか苦労するのう。あの女狐に睨まれては仕方がないが、せいぜい亭主として尽くすのだな。表向きとはいえ、おまえが主人だ。いずれ店を牛耳ることができる日が来る……やもしれぬからな」

と意味深長な口振りで苦笑した。

「とんでもございませぬ。どうぞ、道中、お気をつけて」

敏兵衛が扉を閉めると、跪《ひざまず》いていた六尺は立ち上がり、武家駕籠を担いで歩き始めた。

ゆっくりと店を離れた武家駕籠は、来た道を戻り日本橋を渡った。そこから、室

町をまっすぐ行き、今川橋まで来ると堀川沿いの通りを進み、浅草御門の〝郡代屋敷〟の側から、柳原通りに向かった。

「──そろそろではないのか……近頃、腰が痛《いと》うて、駕籠に座っているだけでも疲れる。さっさと行け」

武家駕籠の中から、苛ついた渡辺の声が飛んでくる。

「へえ。間もなくでございます」

六尺の声がして、駕籠がドスンと落ちるような衝撃で地面に着いた。

「ば、馬鹿者ッ。気をつけぬか、能なしめが、首にするぞ！」

乱暴な声で叱責しながら扉を開けると、そこは土手道で眼下は神田川であった。ギリギリの道端に停まっており、渡辺は一瞬、目を凝らして切り立ったような川岸を見た。

「なんだ……ここは何処だッ」

「なんだではなく、神田でございやす」

反対側の扉が開くと、六尺は渡辺の膝にあった手文庫を素早く奪い、相手が何か言う前に、武家駕籠を土手下に向かって蹴落とした。悲鳴を上げる間もなく、武家駕籠は鞠《まり》のように転がりながら、川まで落ちていった。

手文庫を持っているのは、六尺姿に変わっていた竜吉であり、駕籠を蹴落としたのは馬之助であった。ふたりは顔を見合わせると、浅草御門の方に駆け出し、

「てえへんだ、てえへんだ！　渡辺様の駕籠が落ちやした！　勘定奉行支配・勘定組頭の渡辺善三郎《ぜんざぶろう》様でございます！」

と門番に訴え出た。門番らが、驚いて駆け出した隙に、ふたりはスタコラサッサと浅草御門を通り抜け、その健脚であっという間に姿を消したのであった。

二

渡辺善三郎の屋敷は、役目柄〝郡代屋敷〟の中にあった。

郡代屋敷とは、関八州をはじめ諸国にある天領の年貢や領民の紛争などを預かる関東郡代の役宅である。勘定奉行が常駐していたこともあった。もっとも、文化年間に火事で焼失してからは、馬喰町御用屋敷と変わったが、〝郡代屋敷〟と呼ばれ続けていたのだ。

馬喰町御用屋敷とは、貸付役所とも言われる、いわば幕府の金融機関である。幕府が諸大名や大店に貸し付けている額は、二百万両を超えており、その差配を行っているのが、勘定組頭の渡辺善三郎であった。

勘定組頭の役目も多岐にわたっており、下御勘定所に出仕している渡辺は、〝取《と》箇《か》方《かた》〟といって、徴税と天領の財務に関する事務方の頭領と言ってよい。関八州の代官所を差配し、村々から上納される年貢や運上金、冥加金などの帳簿を詳細に記載して、勘定奉行に上納する。

郡代屋敷の奥の一室で、渡辺が痛々しい姿で寝転がっていた。怪我をした頭や手足には晒し木綿が包帯のように巻かれてある。

駆けつけてきたおさえが、心配そうに、

「驚きました……とんでもないことが起きましたね……大怪我をされたようですが、お命が無事で良かった……」

と労《いたわ》りの言葉をかけた。

「あの六尺たちは、偽物だったようだ……」

「ええ、そのようですね。実は、うちの店の裏手の狭い路地に、気絶した六尺ふたりが、褌一丁で縄で縛られて倒れていました。誰かがすり替わったのだと思います」

「なんだと……」

「誰かはもう見当がついております。恐らく、私どもの店の前にいた駕籠昇きふたりだと思います。駕籠は捨て置かれていましたので」

「なぜだ……何のために……」

「分かりません。でも、橋の袂の所にずっといたので、もしかしたら渡辺様に目をつけていたのかもしれません。私の店に来て、金を受け取ることも、何処ぞで調べて承知の上で……」

「金か……駕籠昇きに扮した盗っ人というわけか……儂としたことが……」

渡辺は悔しそうに起き上がろうとしたが、体が痛くて思うように動けなかった。おさえは気遣いながら渡辺の側に寄ると、声を低めて耳元で囁いた。

「盗まれたお金なんかはどうってことのない額です。それよりも……手文庫の中には、渡辺様はもとより、老中・若年寄や奉行職の方々の先物取引で得た利益の帳簿を入れていました。そちらの方が心配です」

「ああ、そうだったな……」

「米や大豆の先物買い、金銀の取り引き、米切手《こめきって》の相場などによって、不正に儲けた金の原資が御公儀の金だと、万が一、公に知られるようなことがあれば、御前も私どもも危うい立場になります」

「だが、駕籠舁きふぜいに、あの帳簿は読めまい。〝取箇帳〟という勘定所役人にしか分からぬ算式もあるゆえな」

「そいつらが分からなくても、誰かの手に渡ったら、まずうございます。ご公儀のお役人や大名の江戸家老や留守居役など、うちと取り引きのある方々の名も記されておりますから」

「うむ。そうであったな……手抜かりだった……やはり、公務でなくても、供侍は常に付けておくのだったッ……」

　苛立ちを隠せない渡辺に、おさえはほんのわずかだが微笑んで、

「ですが、御前……駕籠舁きが何処の誰か、粗方、分かっております」

「なに、そうなのか」

「このふたり組は時々、他でも客待ちのふりをして、千両箱をそっと盗んで駕籠で

運び去るとか、悪さをしていた節があるのです」

「何奴だ。儂の手で始末をつける」

「はい。実は……」

おさえが、馬之助と竜吉の名を教えると、渡辺はゆっくりと起き上がり、隣室に控えている家臣に声をかけた。

「小林《こばやし》……おまえに頼みがある……遠慮はいらぬ……よいか……」

渡辺は険しい顔で、駕籠舁きを探し出して金と帳簿を奪い返せと命じた。

「万一、逆らえば……刀にものを言わせてもよい……後は、儂がどうとでも始末できる」

無口で武芸者然とした小林は、鋭い目で小さく頷くだけであった。おさえも、渡辺の不気味な内面を垣間見た気がした。

数日後――。

浅草御門から逃げた馬之助と竜吉だが、まったく正反対の目黒不動の近くに潜んでいた。太鼓橋近くに小さな破《や》れ寺があって、そこを根城にしていたのだ。

辺りは目黒川と田畑がほとんどである。松平《まつだいら》家や細川《ほそかわ》家など大大名の下屋敷はあるものの、町屋もほとんどなく、のどかな所であった。稼いだばかりの金で、食べ物や着物などの買い出しに出かけていた竜吉は、風雨に晒された古い山門を潜り、本堂の前を通って、庫裏《くり》へ向かった。

前庭に井戸がある。そこで水を汲み上げて、顔や体の汗を洗って拭いながら、竜吉は開けっ放しになっている厨《くりや》に向かって、

「柳生対馬守《やぎゅうつしまのかみ》のお屋敷の前に、惣菜屋や魚屋が来てたから、適当に買ってきた。大和柳生藩の上屋敷だぞ。さすが将軍家の剣術指南役だ。いつ通っても威厳があるな」

と言った。

「三百両もあるとは思わなかったな、馬之助。その半分を高井戸村まで持っていったが、名主さんたちは喜んでたよ。はは……俺たちのことを、本当に江戸で大成した商人《あきんど》だと思ってやがる。寄贈して貰って、ありがたい、ありがたいって土下座までして感謝されたよ」

ひとりでペラペラと喋りながら、厨に入ると、火のついた竈には鍋がかけられた

ままで、湯が沸騰している。

「危ないじゃねえか。また忘れて、糞でもしに行ったか。馬之助え」

呼んでも返事がない。鍋を下ろして、竜吉は話の続きをした。

「そしたらよ、名主さんが今度、江戸の俺たちの店に来てみたいってんだ。ああ、いいよ、なんて気軽に返事したけどよ、本当に来たらどうする。ここに連れてくるわけにはいかねえし、どっかの大店を借りて、芝居でも打つしかないかなあ」

竜吉は買ってきた荷物の中から、里芋の煮付けを取り出して、指で摘んでパクリと食って、ほっと溜息をついた。

「意外と美味えな……酒も買ってきたぜ」

大徳利を掲げて、栓を抜くと近くの台膳にある湯呑みに注いで、グビッと飲み干し、もう一度、溜息をついた。

「ひゃあ、たまんねえな……で、もし名主さんが来たら、泊められる店も見繕ってきた。なんたって、おまえと俺は村一番の出来損ないだったからよ、喜んでくれてる。これからも村のために役立ちたいじゃねえか……おい、馬之助。聞いてるか……」

土間の向こうにも扉があり、裏手の竹藪に繋がっている。そこで、コツコツと音がする。いつものように薪割りに夢中になって、湯を沸かしていたのを忘れたに違いない。

「まったくよ、おまえって奴は……」

裏手に出たとき、薪割り場には馬之助の姿はなく、コツコツと音がしていたのは、炭小屋の外に積んである薪が落ちている音だった。竜吉は「馬之助」と声をかけながら、炭小屋に近づくと、一気に薪の束が崩れて、その向こうから、人が倒れてきた。

「うわっ！」

思わず飛び退いた竜吉が目の当たりにしたのは――馬之助の惨殺死体だった。

顔は随分といたぶられたように、幾つもの傷がついて腫れ上がっており、着物は刀で斬られたのかスパッと避けて血だらけである。仰向けに倒れた馬之助は白目を剝いたまま、絶命しているようだった。

「お……おい、馬之助……な、何があったんだ、おい！」

竜吉が近づいて馬之助を抱き上げたが、やはり死んでいる。

「馬之助……なんだよ、これは……馬之助え！」

思い切り叫んだとき、炭小屋の裏手から、血濡れた刀を持った侍が悠然と歩み出てきた。渡辺の家臣、小林である。もっとも、竜吉は知る由もなく、

「な、な、なんだ、てめえは……」

と尻込むと、小林の方は歩み寄りながら訊いた。

「手文庫は何処だ」

「えっ……」

「おまえたちが持ち去った手文庫だ」

「だ、誰だ、一体……」

小林は刀を竜吉の目の前に突きつけた。馬之助を斬ったばかりなのであろう。

「馬之助はなかなかの性根だ。六尺に化けて盗んだことも、手文庫のことも、一言も話さなかった。おまえも、こうなりたいか」

「もしかして、渡辺善三郎様の手の者かい。なんで、もう分かったんだい」

「無駄口はよい」

さらに切っ先を喉元に突きつける小林に、竜吉はひっくり返りそうな声で、

「……ま、待ってくれ。金なら返す。手文庫は足がついちゃいけねえと思って、途

中で捨てた……ほ、本当だ。し、信じてくれ」

「何処に捨てた」

「浅草御門を出てから、鳥越橋を越えて、御蔵前から、御厩河岸の渡し近くにある、大きな松の木の下辺りだ」

「……」

「嘘じゃねえ。俺たちゃ、そこから川船で一旦、隅田川を下って、それから鉄砲洲から品川の方へ逃げてから、ここに……手文庫なんかいらねえし」

「――中に帳簿があったはずだが」

「帳簿……知らねえ……俺たちは金さえ奪えれば、それでいい……」

「本当か。まこと、手文庫はそこに捨てたのだな」

「へえ……嘘をついたって、しょうがないじゃありやせんか……」

命乞いをするように竜吉は手を合わせた。だが、小林は冷徹な目で、「そうか」とだけ頷いて、問答無用に竜吉を斬ろうとした。その寸前、クルリと身軽に反転した竜吉は、厨に飛び込むように逃げた。

小林は無言のまま追いかけたが、厨に踏み込んだ瞬間、バサッと鍋の熱湯を掛けられた。ついでに鍋も飛んできた。

「うわっ! あちち……熱い、熱い!」

大声で叫んだ小林を尻目に、竜吉は一目散に山門から飛び出して逃げた。振り返りもせず、目黒川沿いの道をひたすら走った。

三

馬之助の亡骸の検屍を、八田錦がしたのは、その日の夕暮れのことだった。北町同心の佐々木康之助に遥々、連れて来られたのだ。

竜吉が狼狽しながら逃げていくのを、柳生家の門番らが見ており、行人坂下の自身番の番人が、破れ寺を調べたところ、馬之助の死体が見つかったのだった。

ふたりが破れ寺に、三月ばかり潜むように暮らしていたのは、近在の者は何となく知っていた。どうせ宿無しが無断で使っているのだろうと思われていたが、まさか事件が起こるとは誰も想像していなかった。

「なんとも残酷な殺し方ですね……」

検屍をする錦も目を背けたくなるほどだった。様子から見て、拷問にでもあったような傷だったからだ。

いつもなら、遠目に一旦、死体を眺める。その方が、いきなり外傷を調べるよりも、如何なる事態で死んだのかということを、感覚として知ることができるからだ。だが、目の前の亡骸は、惨殺死体でしかなかった。

佐々木は馬之助の顔を十手で突きながら、

「この面には覚えがある。恐らく、駕籠屋に扮して盗み働きをしていた奴だ」

と言った。

「駕籠屋……そういえば……」

ハッとなって錦は、もう一度、じっくりと顔を眺めた。顔はすっかり腫れ上がって、幾筋もの刃物傷があるから、初見では分からなかったが、あの時に会った駕籠舁きだと思い出したのである。

日本橋の袂で、客待ちをしていた様子のふたり組の片割れである。通りすがりに、ふたりにからかわれたことを佐々木に伝えて、

「まさか、あの時の……馬之助と竜吉、たしか、そんな名だったと思いますよ。こ

の人は、馬之助の方です」

と錦は言った。

「ふたりとも剽軽《ひようきん》な感じで、盗みをするような不埒者には見えなかったけれど……」

「はちきん先生をして見抜けなかったとは、かなりしたたかな奴らってことだ」

「このふたりが、盗みでもしたんですか」

「分からぬ……一体、何処でどう暮らしていたかも分からぬからな。この破れ寺も一時、身を隠していただけであろう。盗みを生業にしてたのなら、住まいを転々としていても不思議ではない」

馬之助の腕には『下高井戸八幡』という文字と巴紋の彫り物がある。しかも、巴紋の真ん中に、矢が刺さっている絵柄である。羽の部分だけで、鏃《やじり》はない。

錦と佐々木は、その辺りの氏子かもしれないと思いながら見ていた。

そこに、破れ寺の中を調べていた岡っ引の嵐山が戻ってきて、本堂の仏壇の所に八幡神社の破魔矢があったという。

「仏様に神様か……随分と熱心じゃないか。盗みが失敗しないように祈ってたんだろうが、ろくな死に方をしなかったわけだ」

皮肉っぽく佐々木が言うのを聞いていて、錦はなぜ、日本橋の袂にいたのかが気になってきた。接した様子では、盗みをする前の緊張感はなかった。それほど悪事に慣れていたということだろうか。

「本堂には、こんなに金がありやしたぜ」

嵐山は、三百両は下らぬ小判が入った壺を見つけてきた。

「ほう、こんなに……てことは仲間割れってことでもねえのかな。片割れが川沿いの道を突っ走ってたそうだから、そうかと思ったが……金で揉めたのではないのか？　あるいは、もっと沢山あるってことか……」

佐々木が首を傾げると、馬之助の体を見ていた錦も疑念を抱いたように、

「あの鍋の湯は誰が掛けたのでしょうね」

「湯……？」

振り向く佐々木に、錦が指さすと、厨の土間に転がっている鍋がある。ほとんど水っけはなく乾いているが、竈の残り火やその場にある惣菜や魚に掛かっている痕跡から、誰かに鍋を投げた様子が分かる。

「そういや、たまさか近くにいた者が、『熱い、熱い』という叫び声が聞こえたと話していた。その後で、竜吉が飛び出してきて逃げた……て、ことは、こいつが竜吉に鍋の湯を掛けられたってことか？」

「違いますよ。火傷してませんから。それに、バッサリ斬られている……刀で斬られたものですよね」

「つまり、この馬之助でも竜吉でもない、誰かが他にもここにいたってことか」

「でしょうね。しかも、お侍かも」

「こいつらをコキ使ってる、盗みの元締めでもいるってことかな」

「さあ、そこまでは分かりませんが、馬之助さんをなぶり殺しにした下手人《げしゅにん》は、大火傷をしているかもしれませんね」

「ふむ……」

佐々木は唸りながら頷いたが、馬之助と竜吉が盗みをしたところを取り押さえたことは、もちろんない。駕籠舁きが盗んだであろう、という程度のことしか分かっていないのだ。

「では、此度の狙いは、何処だったのかな……小判の封印はご丁寧にぜんぶ剝がしてある。盗んだ証拠になるからな」

「あの日本橋辺りで被害にあった店はないのですか？」

「まだ届け出はされてないがな……とにかく、仲間割れかもしれぬし、他の誰かと揉めたとも考えられる。こいつらのことを、じっくりと調べなきゃならねえな」

十手を佐々木に向けられた嵐山は、

「腕の彫り物にある下高井戸の八幡神社から当たってみまさあ」

と飛び出していった。

薄暗い中で、まだ執拗なくらい馬之助の検分をしていた錦は、ここまで激しくいたぶっているということは、相手は何かを白状させるつもりだったのではないかと考えた。それが何かは分からないが、他に説明がつかなかった。

「そうだ風鈴……駕籠には風鈴があって、前は水売りをしていたと話してた。ええ、この馬之助さんがです」

「水売り、な……」

冷や水を売るのは、夏の風物であった。相場は一杯四文で、甘くするため、砂糖を増すと八文になる。錫《すず》でできた茶碗だから、余計に冷たく感じるのだった。

「妙に喉が渇きやがるな……」

佐々木はその線からも、馬之助と竜吉の素性を洗えると思った。

「駕籠舁きも水売りも、町中を歩きながら、目当ての所を探しやすい……どの道、こいつはろくでもねえ人生を送ってきたのだろう。憐れだが、寺で成仏したってだけ、救いがあるのかもしれぬな」

無残な馬之助の姿を見て、錦は思いも寄らぬ事情があるのであろうと感じていた。

翌日、佐々木は、日本橋の両替商『越前屋』にぶらりと立ち寄った。

「これは北町の佐々木様、ご無沙汰でございます」

番頭の数右衛門《かずえもん》が揉み手で出迎えた。先代から仕えている古株で、女主人のおさえを支えている。佐々木は小口の客であるが、たまに借り入れないと、次の米切手が届くまで、暮らせなくなることもあるのだ。

「うちもガキが三人もいるからな。はは、三十俵二人扶持では首を括らねばならぬ」

「悪い冗談でございます。少しばかりならば……」

数右衛門は財布から金を出し、袖の下を渡そうとしたが、佐々木は断って、

「おいおい。そういうつもりで来たのではない。今日はちょっと聞きたいことがあってな」

「はい。何でございましょう」

あくまでも低姿勢の数右衛門は、先代から引き続いて、これほどの店を任されている自信があるからであろう。

「数日前だが、橋の袂に町駕籠がいたのを覚えてないか」

「町駕籠なんていうのは、毎日、しょっちゅう通っておりますが……」

「担ぎ手は、馬之助と竜吉というのだがな、色々と近所の者や出商いの者たちに聞いて調べていたら、どうやらこの『越前屋』を狙っていた節があるのだ」

「うちを狙ってたって……まさか……」

訝しげに数右衛門は訊き返した。

「心当たりはないか。たとえば、金を盗まれたとか」

「いいえ……そいつら、盗っ人なのですか」

「実はな、浅草御門の番人から聞いたのだが、その日……勘定方の役人の駕籠が川

に転落したらしいのだ。番人たちは、通りがかりの者たちや川船の船頭らと一緒になって、助け上げたらしいのだが……肝心の駕籠舁きの六尺が姿を消したというのだ」

「それは、どういうことでしょうか……」

「金を持ち逃げしたかもしれぬのだ」

佐々木は探るように数右衛門に尋ねたが、まったく要領を得ない感じで、

「お金を……」

「勘定方の役人とは、勘定組頭の渡辺善三郎というお旗本で、『越前屋』とは古い付き合いだとか」

「はい。そうでございます」

「ここに来た折……日本橋の袂にいた駕籠舁きが、渡辺様の六尺と入れ替わっていた疑いがあるのだが、おまえは知らぬか」

「あっ！」

数右衛門は思わず声を上げて、店の裏の路地に、六尺が裸同然で縄で縛られていたという話をした。佐々木は初耳なので驚いて、

その頃、嵐山は、下高井戸宿の外れにある八幡神社辺りをうろついていた。見慣れぬ大きな余所者の姿を、通りかかる者たちは薄気味悪そうに見ていた。

太田《おおた》道灌《どうかん》が江戸城を造るときに創建された由緒ある神社である。武運長久を祈する鎌倉・鶴岡八幡宮の神霊を勧請したという。かなり古い本殿だが、立派な樹木に囲まれて風格があった。

「どちら様ですかな。先程から、鳥居を行ったり来たり、お呪《まじな》いのつもりですかな」

立派ないでたちの宮司が近づいてきて、嵐山に声をかけた。還暦過ぎの落ち着いた態度の神職らしい、穏やかな顔つきである。

「いえね。新しい鳥居だと思って見てたんですよ。柱の下に、馬之助と竜吉の名が彫られているので凄いなと……」

「凄い……？」

「あっしは江戸で十手を預かる者です。北町奉行所定町廻り同心・佐々木康之助様の御用で参っておりやす」

十手を見せてから、嵐山は改めて頭を下げた。

「名主や宿場の方々からも話を聞いてきたんですが、この神社の氏子だそうで」

「ええ、そうですが……ふたりが何かやらかしましたか」

「ええっ……？」

驚いたのは嵐山の方だった。宮司の言い草には何か事情がありそうなので、嵐山は馬之助が殺されたことを正直に話して、ふたりについて聞こうとした。

「まあ……社務所に入りなされ」

宮司に誘われるままについて行くと、奥では巫女《みこ》がふたり、何やら作業をしていた。嵐山はチラリと見てから、宮司の前に座り、もう一度、頭を下げて、

「名主さんたちからは、ふたりは江戸で立派な商いをしていると聞きやした。村のために、時々、金を寄付しに来るとか」

と言うと、宮司はそれには答えず、辛そうに表情を歪めた。

「――本当に、馬之助は殺されたのですか……誰に、どうして……」

「まだ分かりやせん。それを調べるために、まずは素性をと」

「素性……」

深い溜息をついて、宮司は首を横に振りながら、

「ここは江戸から二里と二丁という近い所ながら、ご覧のとおり宿場としても小さく、辺りは田畑ばかりです。江戸に繋がる神田川が、すぐそこに流れているから、人々は水には困らず暮らしてますが……街道のせいか、捨て子も多いのです」

「捨て子……」

「置き去りにされていくんです。親にはよほどの理由があるのでしょうが……宿場町なら、なんとかしてくれると考えるのでしょうかね。その捨て子たちを、私は何人も預かってきました。今でもいます。巫女たちもそうです」

悲しそうに言う宮司の思いがけない言葉に、嵐山は同情の目で巫女らを見やった。

「馬之助と竜吉も同じです。だから、親が誰かも素性も分かりませんよ。ここで生まれ育った。そういうことにしています」

「——何かやらかしたかってのは……心当たりでもあるのですかい」

「物心ついた頃から、ふたりとも悪さばかりしていました。いずれは御用になるか、さもなきゃ喧嘩でもして死ぬかと思ってた」

「ですが、馬之助はここに……」

嵐山は腕を見せて、八幡神社の彫り物をしていたと話した。馬之助の無残な亡骸を思い出したが、そのことは伝えなかった。

「奴には俠気があったからね、私が懇々《こんこん》と説教したとき、もう二度と悪さはしないとあんなものを勝手に……でも、江戸で商いをしているなんてのは大嘘でね。どうせ博奕《ばくち》か何かで金を手にしたときに、見栄を張って宿場に戻ってきては、自分たちと同じ身の上の子供らのためにと……」

「そうだったんですかい……」

「何をやらかしたんです、ふたりは」

本当に心配そうに宮司は訊いたので、嵐山はまだハッキリとはしないが、盗みを生業《なりわい》にしていたようだと伝えた。納得したように頷いた宮司は、部屋の片隅に置いている手文庫を見て、

「では、あれも何処ぞから盗んできたものでしょうかね」

「えっ……？」

嵐山も見やると、宮司は持ってきて差し出しながら、

「これに百両以上の金を入れて持ってきたんですがね、宿場のみんなを助けてくれってね。あまりに大きな額なんで、もしかして……と、あのまま取っておいたので

すよ」

「……」

「もっとも、その前に幾ばくかの金は、町名主らに分けていたようですが……」

手文庫には小判がドッサリと入っていた。が、小判には封印はないし、手文庫も屋号が彫られていない、何処にでもある物だ。

「ところが昨日、竜吉が舞い戻って来ましてね。手文庫の中にあった帳簿みたいなものだけを持って、すぐに飛んで帰ったんです」

「帳簿……」

「それで私は胸騒ぎがしたのですが……馬之助が殺されていたとは……あ、まさか。竜吉が手に掛けたのでは……」

「それはねえと思いやすがね」

「だろうな……ふたりは小さい頃から、本当の兄弟みたいに仲良しで、いつでもどこでも何をするときも一緒だった……」

「へえ、そうでやしたか……」

どうやら嵐山と竜吉は、擦れ違ったようだった。

「で、その帳簿はどのような」

「分かりません。手文庫の中にあることも、私は知りませんでした」

「竜吉がわざわざ、ここまで取りに来たってことは……」

その帳簿が事件の鍵だなと、嵐山は思ったが、まだ誰のもので何を意味するのかまでは、知る由もなかった。

「宮司さん……奴らは道を外れたことをしてたかもしれねえが、殺されるとは余程のことだ。兄弟ほど仲良しならば、もしかしたら竜吉は、仇討ちでもするつもりかもしれねえな」

無残な馬之助の姿が、また嵐山の脳裏に浮かんだ。

「仇討ち……そんな……」

「奴が人殺しになる前に、なんとかとっ捕まえて、事情を聞きますよ」

心底、案じている宮司に、嵐山は大きく頷いてみせた。

一方、佐々木は郡代屋敷を訪ねて来ていたが、渡辺の家臣に追い返されていた。

それでも、佐々木は門前に踏ん張って、

「見舞いに来たんだよ。大怪我をしたと人伝に聞いたものでな」

と押し入ろうとしたが、家臣は威張り散らす態度で、

「申し伝えたが会わぬと言っておられる。そもそも町方が来る所ではない。帰れ」

「ならば、もう一度、渡辺様に話してきてくれ。六尺に扮して、御前を駕籠ごと突き落とした奴を見つけたとな」

「なんだと！」

「しかも、盗んだ金の在処も分かったと」

「まことか。嘘ならば承知せぬぞ」

「髷は結うが、嘘はゆったことがないんだ。一歩間違えば、死んでいたかもしれない大事件だ。しかも相手が偉いお武家だと知っての狼藉は許し難いと、北町奉行の遠山奉行も心配されておる。その使いだと言ってくれ」

見舞いに来たと言った舌の根も乾かぬうちに、遠山の使いだと佐々木は出鱈目を言った。だが、家臣は仕方なさそうに玄関内に向かい、しばらくすると迎えに戻って来た。

「話だけでも聞いてやるとのことだ。刀はここで預かるぞ」

あくまでも偉そうな態度の家臣に、佐々木は仕方なく刀を預けた。

郡代屋敷の中は、表の役所には、勘定所から出向いてきた役人が詰めて働いており、丁度、町奉行所と同じように、奥に役宅があった。その一室に案内された座敷には、すでに渡辺が背もたれのついた脇息に座っており、苛々とした顔を向けた。

「――やはり、おまえか……」

「は……？」

「佐々木と聞いたから、嫌な気がしたが、北町にこの人ありというほど、小汚い定町廻りとの噂だ。遠山様も、おまえのような奴を使いに立てるとは、よほど人材が乏しいか」

「初対面なのに随分と酷い物言いですね。もしかして、『越前屋』の女将から先触れでも来てましたか」

「余計な話はよい。遠山様の使いで来たのではないのか」

渡辺は痛々しそうな体を斜めにしながら、佐々木を睨みつけて、

「こんな目に遭わせた奴らは誰だ。何処におるのだ」

と、いきなり本題に入った。

「実は、『越前屋』の者から、渡辺様が自ら〝下手人〟を調べると聞いたもので、もしかしたら、もうご存知かと思いました」

下手人は人殺しのことだが、佐々木はあえてそう言った。

「儂が……知らぬ。町方が探索したのなら、知っていることを、さっさと言え」

「その前に、金は盗まれてないのですか。随分と用意周到に六尺に扮して、この屋敷の目と鼻の先まで来て、あの凶行……敵ながらアッパレというところでしょうか」

「アッパレだと……儂をこのような目に遭わせた奴のことをか！」

「失礼致しました。これほどのことまでして、金を盗んでないのは解せませぬ。それとも、何も持っていなかったのでしょうか」

「持っておらぬ」

「ならば、益々、不可解でございます。ということは、やはり渡辺様の御命を狙っての仕業ということでしょうか。しかし、渡辺様といえば、幕閣が一目も二目も置くほどの勘定組頭……誰かに出世を妬まれているのでございましょうや」

「――おまえは、さようなことを言うために、のこのこやってきたのか。それも遠山様が探れとでも言うたのか」

腹立たしげに声を荒らげたので、全身の傷がズキンと痛んだのであろう。俄に情けない態度になって、

「あ、いたた……誰なのだ。何処にいるのだ……」

「それは、馬之助と竜吉という駕籠舁きでございます」

「ふん。そんなことは……」

言いかけて、渡辺は口をつぐんだ。

「そんなことは、もうお調べになっておりましたか……その片割れは、何者かに殺されました。無残に拷問でも受けたように」

「ふん、仲間割れか……で、もうひとりは」

「まだ見つかっておりませぬ。何処かに雲隠れしました」

「話にならぬッ」

苛立ちを隠せない渡辺は、腕が利くならば脇息を投げつけていたであろう。

「もうよい……遠山様に申し伝えてくれ。下手人を一刻も早く捕まえて下されと

な」

「承知致しました」

佐々木は頭を下げて立ちあがろうとして、

「最後にひとつ、お伺いしたいのですが、なぜ、仲間割れだとお思いになったのですか」

「――それしか、ないであろう」

「拷問していますからね。仲間がそこまでやるのかどうか……ま、町方もその線も含めて探索を続けておりますので、襲われた訳に心当たりがあれば、お教え下さいませ」

ともう一度、頭を下げて廊下に出ようとしたが、間違ったふりをして隣室に続く襖を開けた。

すると、そこには小林が立っていた。刀を腰に差しており、顔や手には生々しい火傷の痕跡がある。包帯はしているものの、はみ出しているところは、真っ赤であった。

「あっ。これは失礼をば……」

「貴様。わざと開けたであろう」

「はい。異様なほどの気配が満ちていたので……定町廻りの鼻は犬みたいなものです。ご勘弁下され」

睨み上げるように佐々木は言うと、背中を向けて、堂々と廊下に出て行った。見送る小林の顔が、ますます痛々しげに歪んだ。

渡辺も異様な雰囲気を察して目を細め、

「奴は何か勘づいて、探りを入れにきたようだな……事と次第では斬れ」

と命じた。

「それよりも、帳簿は何処に消えた」

「奴が……竜吉が捨てたと言った御厩河岸の渡し辺りを隈無《くまな》く探したのですが……」

「バカか、おまえは。そいつは嘘をついたんだろうよ。ということは、儂らに喧嘩を吹っかけてくるつもりやもしれぬ……一刻も早く見つけて、殺せ」

渡辺の満身創痍《まんしんそうい》の姿と、小林の痛ましい顔は、悪党なのになんとも無様で、傍から見れば笑いが出るであろう。

五

風鈴が窓際の軒下にぶら下がっている。大きめの鉄でできたもので、馬之助と竜吉が駕籠の担ぎ棒につけていたのと同じものだ。

何処か分からないが、薄暗い土蔵のような中で、行灯《あんどん》の薄明かりを頼りに、帳簿を丁寧に見ているのは——竜吉だった。真剣なまなざしで、ぶつぶつと言いながら、必要な箇所は矢立で書き写していた。

「……見てろよ、馬之助。必ず仇を取ってやるからな。渡辺善三郎め、おまえのすべてを奪ってやる。俺のやり方でな」

少しとろくさそうな駕籠舁きの竜吉とは違い、幼馴染みの仇討ちに専念している執念に満ちた目つきである。

「渡辺の手の者は、金じゃなく、この帳簿を取り返したかったんだ……こんなものが入ってたとは知らなかったが……馬之助を殺してでも奪い返したいはずだぜ……」

その帳簿には、老中・松平飛驒守《まつだいらひだのかみ》、若年寄・堀田伊豆守《ほったいずのかみ》、勘定奉行・小嶋主計亮《こじまかずえのすけ》をはじめ、大目付、目付、寺社奉行ら評定所の面々、さらに留守居役、作事奉行、普請奉行、勘定吟味役、佐渡奉行、道中奉行ら旗本職の面々、数十人の名がズラリと並んでおり、北町奉行の遠山左衛門尉の名も記されていた。それぞれに、渡したと思われる多額の金額が記されている。

「——と、遠山……あの名奉行と誉れの高い方まで……ふん。どいつもこいつも、一皮剝けば、こういうことか……俺たちの方が、よほど良いことをしてるよな、馬之助」

ろくに学問などしていない竜吉だが、読み書き算盤だけは、宮司がきちんと教えてくれた。その後、金勘定も自分なりに学んだのだが、人に騙されないためだった。世の中、宮司のような善人ばかりではない。人の善意に付け込む悪い奴はいくらでもいて、竜吉たちも痛い目に遭ったからである。

此度のこともそうだ。たしかに、渡辺を襲ったのは悪いことだが、『越前屋』から人に言えない金を沢山貰っていたことは、きちんと調べていた。どうせ賄賂《まいない》であろうから、少し横取りしただけのことだ。

「だが、あいつは……金のことより、この帳簿の方が大切だった。そのために、馬之助が殺された。ちくしょう……目にものを見せてやる。覚えてやがれッ」

竜吉の目には涙が溢れていたが、悲しみよりも怒りの方が何倍も強そうだった。

軒の下の風鈴がチリンと重い音を鳴らした。

翌日――。

薬売りに扮した竜吉が、『越前屋』の表に姿を現した。

あまりにも堂々とした態度なので、帳場にいた番頭の数右衛門も、接客していた主人の敏兵衛や手代らも、金を奪った奴だとは疑いもせず、丁重に店の片隅に招き入れた。

「これは、越中堂さん。もう置き薬の取り替えの時節ですかねえ」

数右衛門は手代に茶を出すようにと命じてから、腰掛ける竜吉の顔を見て、

「おや、仙三《せんぞう》さんでは……」

「お初にお目にかかります。仙三さんはちょいと病に罹りまして、私が代わりに来ました。太助《たすけ》と申します」

と適当に言って、荷を下ろした。数右衛門は心配そうな顔で、

「そうでしたか、まだお若いのに仙三さんは、病に……」

「薬屋が具合悪くなったんじゃ、洒落《しゃれ》になりませんね。ですが、新しい良い薬ができたのです。先代から苦労なさっている番頭さんなら、分かってくれると思います」

「えっ……苦労だなんて、思ったことはありませんよ」

「ええ。噂にはよく聞いてます。先代のご主人は、とても立派な御方で、困った人を助けるために、小口の客には利子をほとんどかけなかったとか」

「はい。この世は、人の情けの貸し借り。だから、人様の笑顔が利子のようなものだと、主人は常々、話しておりました」

「さすが、良いことをおっしゃいますね。なのに娘さんの方は強欲で困りますね」

「えっ……」

「噂です。薬売りの耳には何かと入ってきますから、人柄の良い番頭さんには……正直なところをこっそり話しておきます。人の噂は商いに差し支えるくらい、恐いですから」

声をひそめて、竜吉は言った。数右衛門は困ったような表情になった。普段から、おさえのやり方にはあまり賛同はしておらず、忸怩《じくじ》たるものがあったからであろう。

竜吉は顔色を窺いながら、

「若い御主人も、手代からあなたを追い越して主人になった遣り手とのことですから、やっかむ人もいるのでしょうね。でも、真面目が着物を着ていると聞いてますよ。女将とは大違いだって」

「薬屋さん、もうそれ以上は……」

数右衛門は勘弁して欲しいと手を合わせる仕草をして、今すぐ薬箱を持ってくると立ちあがろうとしたが、竜吉は止めて、

「これを、女将さんにお渡し下さい」

と封をした書を差し出した。数右衛門は不思議そうに、

「なんでございましょうか」

「女将さんが見れば分かると思います」

「お呼び致しましょうか」

「忙しいでしょうから、後でじっくりと……あ、そうだ。ちょっと忘れ物をしたので取ってきます。この薬箱、お願いしますね。大事なものが入っていますので」

竜吉は丁寧に頭を下げると店から出ていった。数右衛門は首を傾げながら、奥にいる女将のところに封書を持参した。

「——薬売り……？」

訝しげに、おさえが封を切って中を見ると、達筆とは言えないが丁寧な文字で、

『例の手文庫にあった帳簿を返して欲しければ、今すぐに薬箱に入るだけの小判を入れて、日本橋の袂に置いておけ。詰め込めば二千両入るはずだ。店にある残りの金は、亭主の敏兵衛に残して、おまえは店から出ていけ。帳簿の写しは、北町奉行の遠山左衛門尉に届けてある。おまえの仲間のようだから、揉み消して貰うのだな』

と書かれた文があった。

読み終えたおさえは俄に表情が硬くなり、

「どんな奴でした。これを持ってきた薬売りというのは」

「さあ、どんなって……仙三さんよりはもう少し若くて……特徴と言えば、日焼けしたように色黒でなかなか偉丈夫……すぐに帰って来るかと思いますが」

「馬鹿か、おまえはッ」

おさえは手紙で数右衛門の頭を叩いて、

「そいつは、六尺に化けて渡辺様を駕籠ごと突き落とした奴に違いない。探しなさい……あ、いいえ、何もしなくていい。薬箱はここに置いておきなさい。後は私が何とかします。まったく、なんなんだッ」

腹立ち紛れにもう一度、数右衛門の背中を今度は手で叩いて、店から出ていった。

すぐに郡代屋敷に来たおさえは、今し方、届いたばかりの脅し文を、渡辺に見せて、

「ぐずぐずしている間に、こんなものを持ってきましたよ。きっと駕籠舁きの片棒でしょ。どうなさるおつもりですか」

と苛立ったように言った。

まだ満身創痍の渡辺も苦々しい顔で、

「下手に動くと、余計、怪しまれる……相手が何を仕掛けてこようと放っておくがよい。町方も動いておるしな」

「ご覧のように、遠山様に帳簿の写しを届けたとあります」

「うむ……」

「遠山様を始め、ほとんどの御仁の名は、ただの見せかけ。渡辺様ひとりに渡ったお金を、他の方々が受け取ったようにしているだけでございますよ」

「……」

「もし、遠山様が何か嫌疑を抱いて、自ら調べ始めたら、まずいのではありませぬか」

「そうならぬよう、こっちで手配りしておく」

「本当に大丈夫でございますか。帳簿をすぐに取り戻せないどころか、お金まで……」

「みなまで言うな、おさえ」

「でも……」

「うちの小林が馬之助を殺した」

「――えっ……」

その事実はまだ知らされていなかったようで、おさえは驚きを隠せなかった。

「だが、竜吉は小林に大火傷をさせた。こいつも捕まえて殺す」

「！……」

「かくなる上は、儂とおまえとまさしく同じ船に乗っておるも同然じゃ。悪いようにはせぬ。勘定奉行は目前だ。何も案ずることはない。遠山が何か言ってきても、逆に帳簿を逆手に取って、奴を追い落とせる」

「そ……そんなことが……」

「儂を誰だと思うておるのだ。とにかく、下手に動くでない。ましてや金をくれてやるなど言語道断だ。よいな、おさえ」

「は、はい……」

おさえは小さく頷いたものの、人殺しの仲間にまでされて不安が込み上げてきた。すべてが明らかになって、刑場送りになるのではないかと恐くなって震えていた。


北町奉行所の同心部屋に、遠山左衛門尉が直々に来たのは、同じ日の昼下がりだった。佐々木の顔を見るなり、

「かようなものが届いた。しかと調べてみるがよい」

と、分厚い書類を差し出した。

丁寧に紐で綴じられている帳簿で、竜吉が一晩掛けて書き写したものである。

「写しだとのことだが、悪い冗談とも思えぬ。なぜならば、取箇帳に詳しい者が書いた節があるからだ。素人の仕業ではない。本物があって、写したのであろう」

遠山に言われて手に取り、目を凝らして見ていた佐々木もハッと驚いた。

「これは、『越前屋』が、先物取引などで得た利益を、顧客が預けた金に応じて払い戻している……その帳簿ですね。それにしても、並んでいる御仁たちの名が、とてつもなく凄い人ばかりですな」

「俺の名もある。だが、一文たりとも預けておらぬ。運用も頼んでおらぬ」

「あ、本当だ……お奉行がかようなことをするわけが……」

佐々木はさらに驚いて、遠山の顔を見上げ、

「もしかして、御老中や御奉行の名を使って、利殖したのでしょうかね。ひとりだけで儲けては疑われると思って」

「さもありなむ。やるとしたら。公金を自由に扱える奴しかおるまい」

「渡辺様……ですか」

「さよう。盗まれたのが、この写しの帳簿だとすれば、取り戻すために躍起になっているであろう」

「なるほど……それで馬之助に拷問を……ということは、この帳簿の写しを書いて、わざわざ奉行所に届けたのは、その相棒の竜吉に間違いありやせん」

「そうなのか？」

「嵐山が、ふたりの育った下高井戸まで行って、調べてきたことと一致します」

佐々木が事情を説明すると、遠山もなるほどと頷いた。

「しかも、ご丁寧に『越前屋』を脅すとまで書いてある。相棒とやらは、この帳簿に名のある、俺まで疑っているのであろう。そこで、どう動くのかを見極めているのやもしれぬ。なかなか頭の廻る奴だ」

遠山は妙に感心したように微笑んで、

「なんなら、一杯食わされてみようではないか、佐々木……」

「いえいえ。それはなりませぬ。駕籠舁きふたりが、悪さをしていたのは事実。キッチリ始末をつけるのは定町廻りの務めでございます。この帳簿にある、お奉行の汚名も雪《そそ》いでみせましょう」

いつになく佐々木は真剣な表情になって平伏しようとすると、

「慌てるな。こういう書きつけもあった。嘘かまことか、調べてみるのだな」

と遠山が小さな紙切れを手渡した。それには、やはり丁寧な文字で、

――馬之助を殺したのは、勘定組頭、渡辺善三郎の家臣だ。

と書かれてあった。

むろん佐々木にも心当たりはある。遠山を見上げて、しかと頷いた。

六

風鈴がチリンと鳴った。きつい西日も届かぬ薄暗い土蔵のような部屋の中で、竜吉は修行僧のような顔で座っていた。

おさえが言いなりに金を出すとは、端から思っていない。案の定、渡辺のところに赴いて、何やら相談をしていた。竜吉は次なる手立てはもう考えている。

幕閣はもとより、遠山奉行までが結託していたとなると、自分のような半端者はいずれ虫けらのように消されるに違いあるまい。ならば、「一寸の虫にも五分の魂」を見せてやる。幼い頃から共に生きてきた、馬之助の仇討ちだ。竜吉はそう心に深く誓っていた。

町方の探索が遅々として進まないのも、遠山が配慮しているからに違いあるまいと、竜吉は思い込んでいた。

「――どいつもこいつも……世の中、腐ってやがる……何が老中だ、何が奉行だ……偉そうにふんぞり返って、弱い者虐めしかしてないじゃねえか。頭の中はてめえの懐の金勘定ばかりだ。百姓から年貢を毟《むし》り取って、金持ちばかり都合のよい法を作り、賄賂を貰ってウハウハかよ」

竜吉はひとりごちながら、床に広げてある絵図面を入念に見ていた。江戸城周辺の絵図面である。これは馬之助と一緒に作ったものである。評判の悪い豪商などから、金を奪い取るために、駕籠舁きをしながら描いた絵図面だ。

「渡辺は怪我を押してまで、江戸城中の下勘定所に出仕しなければならない……それが明日だ。登城の刻限や歩く道中、門を潜る順番などは身分や役職ごとに厳しく決められている。屋敷を出て……」

自分で絵図面を指しながら、策を練る。郡代屋敷から浅草御門前に出て常盤橋御門まで、馬喰町、小伝馬町、本石町などを抜けて内濠まで、ほとんど真っ直ぐ行くのが道筋だ。途中、筋違御門から日本橋に向かう大通りに、十軒店本石町辺りでぶつかるが、ここで駕籠は一旦停まり、他の旗本の行列が過ぎるのを待つ。

「——殺《や》るなら、この時しかねえ」

竜吉はその地点に朱墨で丸を付けながら、

「供侍はふたり、挟み箱持ち、槍持ちのわずか四人だ。でも、本来ならこれに、立弓持ちと甲冑持ち、鉄砲持ちが必要なので、警戒をするために、八人くらいに増やすかもしれねえな……」

とぶつぶつ言いながら、歩き慣れた通りや町並みを思い浮かべていた。

本石町には、時の鐘があり、数人の番人が昼夜、所定の鐘を撞《つ》いている。二十間四方の会所には、鐘楼の他、土蔵なども配置されているが、意外とここは大通りから見えないよう、身を潜める所がある。番人は町内の者が交替で就くから、鐘撞番《かねつきばん》のふりをして待つこともできる。

途中の小伝馬町には、一筋入るが牢屋敷がある。囲んでいる掘割も含めると四千坪余りあり、昼夜拘わらず囚獄の大声や悲鳴が聞こえることもある。拷問されたり、おかしくなったりして叫ぶからであろう。だが、登城と下城の刻限だけは、厳しく制され、絶対に声が聞こえることはなかった。

「もし、小伝馬町で騒動が起これば、旗本や御家人の行列は乱れに乱れ、怪我で体が動きにくくなってる渡辺は狙いやすい……一か八か、やってみるか。どうせ死罪になるなら、仇討ちをしてからだ」

何か閃《ひらめ》いたのか、竜吉の顔が引き締まったとき、チリンチリンと風鈴が何度も鳴った。大した風もないのに不思議だなと振り向いたとき、軒下に人影が見えた。

「!?——」

竜吉は蠟燭の火を消すと、息をひそめて、部屋の片隅に忍び足で行き、納戸の中に入った。その奥は外に繫がる扉があって、逃げられるようになっている。馬之助と竜吉は、このような隠れ家をいくつか持っていた。

人影は板戸を開けて、部屋の中に入ってきた。こっそり入ってくるのではなく、無防備に堂々と入ってくるなり、

「いますよね、竜吉さん。蠟燭が消えましたし」

と女の声が聞こえた。

微かに届く夕陽の赤い光が射したのは——錦の姿だった。

納戸から覗き見ていた竜吉は、「アッ」と目を凝らした。『越前屋』の前で、渡辺

の駕籠を待っているとき、それこそ風のように通り過ぎた女だ。

——番所医と言ってたが……なんだっけ。

竜吉の思考が一瞬止まったとき、錦の方から何処かにいるであろう相手に声をかけた。いつもの落ち着いた涼やかな声だった。

「馬之助さんを検屍しました。下手人は残酷なことをしてくれたものですね」

錦は文机の上にある絵図面を見ながら、

「あまりに悲惨な亡骸だったので、私も思わず殺意を催しましたよ。医者としてあるまじき感情ですけれどね。世の中には生きている値打ちのない人がいます。それは……人を人とも思わない奴らです」

と説諭でもするかのような口調で言った。

絵図面の印などを指でなぞってから、錦は室内を見廻し、竜吉が潜んでいるであろう所を見極めた。ここに入る前に外もじっくり観察してきたから、納戸から外に逃げ出せることも、概ね承知しており、

「下手に外に出ると、危ないですよ。町方も動いていますから」

と注意喚起するように言った。

「私は、あなたの味方です、竜吉さん……まさか、日本橋の袂で客待ちをしていたおふたりさんが、『越前屋』を狙っているとは、微塵も思いませんでした」

納戸の中の竜吉は、息を殺して錦の声を聞いていた。

「六尺に化けて、渡辺様にギャフンと言わせるなんて豪快じゃないですか。『越前屋』の欲惚け女将のことも、噂にはよく聞いていましたよ。亭主が可哀想です。それに……」

錦は少し声の調子を落として、

「それに……あなたたちふたりは、自分が生まれ育った下高井戸の村のために、盗んだ金を使っていたそうですね」

「……」

「盗みを認めるわけじゃないけれど、親に捨てられたあなたたちが、恩返ししたい気持ちはよく分かります。同じような子たちに、私も少なからず関わってきたからです。会所廻りのお役人が尽力し、〝がはは先生〟という儒医も一生懸命頑張っています」

江戸には沢山の捨て子がいたという。下手に置き去りにするなら、この場に置いておけという〝捨て子札〟なども市中にあった。子供らの引き受け手は町名主や商家で、町全体で面倒を見る決まりになっていた。

それは宿場町も同じで、〝生類憐《しょうるいあわ》れみの令〟によって、行き倒れの面倒を見なければならないというもので、病人や怪我人、捨て子などにも及んでいた。五代将軍徳川綱吉《つなよし》が、生類の殺生を禁じたものだが、後世になって拡大解釈されたのである。

「でもね、竜吉さん……あなたが宮司さんらに恩義を感じるのは大切なことだけれど、罪を犯してまでやることではなかった。そのために、此度は相手が悪く……馬之助さんが犠牲になってしまった」

「……」

「もう町方は、渡辺善三郎の家臣の小林という者が、あなたの相棒を殺したことを概ね摑んでいます。あなたが町奉行所に届け出た帳簿の写しによって、遠山様も動くと思いますよ。だから、畏れながらと申し出てすべてを話したら如何ですか」

錦は必死に訴えたが、竜吉の方は、なぜ、そこまで知っているのかと不思議に思った。その疑念を払拭するかのように、錦の方から話を続けた。

「番所医というのは、町方役人の〝堅固〟を診るのが務めですので、色々と耳に入ってくるんです。同心が郡代屋敷や『越前屋』に乗り込んだり、岡っ引が下高井戸宿まで行ったりしたこともね」

「……」

「でも、あなたの隠れ家がここであることは、まだ誰も知りません……では、どうして私が分かったと思います？」

竜吉は納戸に隠れたまま答えなかった。

「風鈴です……あの時、聞いた風鈴の音が心地よくて、覚えていたのです。でも、置き去りにされた駕籠には風鈴はなかった。音が鳴らないようにして、ここまで持ち帰ったのかしら。縁起物かなんかですか。大切な風鈴なんですね」

軒下の方に行って、錦はチリンと鳴らして、

「目黒不動近くの隠れ家にはなかったので、探してたんです……意外とすぐに分かりました。だって、初めは浅草御門から逃げたのに、正反対の目黒不動の方にいた」

「……」

「でも、そこには風鈴はなかった……だから、途中に必ず隠れ家があるはず。しか

も、目黒不動に近い所に居を構えていたように、信心深いあなたたちは、こちらでも浅草寺とか寛永寺とかの近くかな……と思ってたけれど、駒形堂の近くにありました。この風鈴のある……誰も使っていない蔵が」

錦は止《とど》めを刺すかのように、

「ここなら、大川の目の前だし、何処にでも船を使えば行けますしね……もしよかったら、私が手伝いましょうか、仇討ちを。あなたひとりでは、すぐに捕まりますよ」

と言うと、しばらく無言だった竜吉が、納戸から姿を現した。

「その鈴は、俺を置き去りにした、親父のたったひとつの形見みてえなものだ……顔なんぞ覚えてねえが、音だけは……」

薄暗い中だが、目がギラギラと光っているのを、錦はじっと見つめ返した。そして、あのときの駕籠舁きだと確認をすると、

「竜吉さんですよね」

と確かめるように訊いた。竜吉は頷きはしなかったが、

「どうやって、馬之助の仇討ちをしようってんだい」

「おや。私を疑わないのですか」

「捕縛するつもりなら、端から町方が踏み込んできているはずだ」

「罠《わな》かもしれませんよ」

「こっちも今まで、色んな罠を仕掛けてきたからな。俺たちには分かるんだ……嘘をついている奴か、そうでないか」

「そうなんですか……」

「ああ。人の嘘を聞き分ける耳を持たないと、俺たちみたいなはぐれ者は、この世で生きていけないのでね」

竜吉は食い入るように錦を見つめながら、

「それに、馬之助は逃げる途中、ずっと言ってたんだ……俺はいつか、あの女と寝るってね……あんたのことだ。あんないい女は見たことがねえ。ああいう女と一緒になって、幸せになれたら、こんな商売はもう辞めにしてえなって……夢みたいなことを言ってた」

「……」

「あんたに死体を見て貰って、さぞや嬉しかっただろうよ」

何も言い返さずに、錦はそっと手を伸ばして竜吉の腕を取って袖を捲《まく》った。腕には、やはり馬之助と同じ彫り物があった。違うのは、巴紋に刺さっている矢が、羽の部分ではなく、突き抜けた鏃の方だった。

「ふたりで一本の矢……ってことですか」

「えっ……」

「破魔矢なんですね。この際、一矢報いてやりますか」

錦の思いもかけぬ言葉に、竜吉は一瞬、戸惑いの表情になったが、

「本当に手伝ってくれるのかい」

「ええ……馬之助さんの亡骸を拝んだのも、何かの縁だと思います」

決然と頷く錦に、竜吉は不思議と魅惑されていた。

七

翌朝は、生憎の雨模様だった。

渡辺善三郎の駕籠が、本石町三丁目・時の鐘の四つ辻に停まったときである。交

差する大通りに、旗本の駕籠が通りかかったが、丁度、行く手を塞ぐように停まった。

その前にも、日本橋の方に向かって行列が連なっているので、しばらく待たねばならなかった。渡辺の前の駕籠の扉の家紋は、「丸に二つ引」である。北町奉行・遠山左衛門尉景元《かげもと》の一行であった。

供侍として笠を被った小林も、駕籠の横に張りつくようにいたが、遠山奉行が目の前にいると知って、緊張が走った。

すぐ近くの時の鐘の門の近くで、人が揉めるような大声がした。誰かが叫んでいる。小伝馬町の牢屋敷から咎人が何人か逃げ出して、こっちの方に来ているとのことだった。門前廻りの町方同心たちが駆けつけ、遠山の駕籠を囲んで、周辺を警戒するように見ていた。門前廻りとは、大名や旗本が登城する際の、武家屋敷付近や通り道などの警固役である。

辺りを見廻していた小林も異様な気配を感じ、腰の刀に手をあてがった。そこに、錦が近づいてきて、

「渡辺様の御駕籠とご拝察致します」

と言った。その後ろには、中間姿の竜吉が控えている。

「！……誰だ」

「番所医の八田錦という者でございます。渡辺様は大怪我を為されているとのこと。今日は登城の必要はないと、お奉行様よりお伝えに参りました」

錦はそう言って、すぐ目の前の辻にある遠山の駕籠を指し示した。

「遠山様、が……」

如何にも訝しげに小林は見たが、錦はことづてされたと申し述べてから、

「代官屋敷にお帰りになって下さい。そこで私が改めて治療を致したいと存じます」

と言った。

「如何、なさいますか、殿……」

小林は駕籠の中に声をかけたが、無言のままだった。

「お声がありませんね。もしかしたら具合がお悪いのではありませんか。宜しければ、拝見致しましょう」

「それには及ばぬ。遠山様が配慮下さるのであれば、お言葉に甘えて……」

「はい。それが、ようございます。勘定奉行の小嶋主計亮様にも、遠山様からお伝え下さるとのことです。今日は評定所の寄合なので、お目にかかるそうで」

「評定所……」

「はい。『越前屋』という両替商の主人が、幕閣から預かった公金を不正に利殖していたとかで、詮議があるそうです」

「なんだと……」

ますます訝しがる小林の顔を、錦は図々しい態度で笠の中まで覗き込んだ。とっさに笠の縁を下げる小林に、

「驚きました……火傷をなさってますね」

「……」

「まだ日が浅いようですが、そのままでは膿んだりして、もっと酷くなりますよ。やはり、お屋敷までお戻りになって……」

言いかけた錦に、小林は苛々と、

「余計なことはいい。用件は分かった。立ち去れ」

と命じたが、錦は毅然と睨みつけて、

「——そうは参りません。せっかく、馬之助を殺した咎人を見つけたのに、このまま引き下がるわけには参りません」

「なんだと！……胡乱《うろん》な奴だな、貴様ッ」

「私が怪しい者かどうか、遠山様にご確認下さいますか」

「……」

「さあ、どういたします」

錦は駕籠の中の渡辺に向かって、

「渡辺様……お顔を拝見致しますよ。宜しいですか」

と声をかけたとき、竜吉がいきなり駕籠に近づいて、脇差しを抜き払って「覚悟！」と扉を開けた。

だが、その中に、渡辺の姿はなかった。誰も乗っていなかったのだ。

「⁉——」

「無礼者！　成敗してやる！」

小林が抜刀したときである。佐々木と嵐山が路地から飛び出してきて、

「いたぞ、いたぞ！　牢抜けをした不届き者を見つけたぞ！」

と大声を上げながら、渡辺の駕籠に近づいてきた。ふたりの姿を見て、小林は一瞬、斬るのをためらったが、竜吉は愕然と、

「いない……渡辺がいない……ちくしょう……謀りやがったなッ」

と小林を振り返った。

「馬鹿め。殿を狙う怪しい者がいると遠山様から事前に報せが来ていたのでな、おまえを誘《おび》き出すために一芝居組んだのだ」

竜吉は唖然と錦を見て、

「あ……あんたもグルだったのかッ」

と恨めしげな顔になったが、次の瞬間、小林に向かって、脇差しを突き出そうとした。嵐山が体当たりするように止め、

「こいつが殺したんだな、馬之助をッ」

「そうだ。こいつだ。この顔に熱い湯をぶっかけたのは俺だ！」

竜吉は泣き叫ぶように言いながら、まだ小林に突っかかろうとしたが、小林は「無礼者」と問答無用に竜吉を斬ろうとした。

その腕をグイッと摑んで逆手に取り、その場に跪かせたのは、錦だった。

「な、何をする……！」

するとと、横合いから小林の笠を引っ張り上げて、

「馬之助殺しの下手人として、奉行所まで来て頂きますよ」

「な……なんだと！　町方ふぜいが、旗本家臣の俺に手を出していいのかッ」

「大名や旗本が登城する道中にて、刀を抜いて乱暴をすると、門前廻り同心はそれを止めて、捕縛してよいことになっております。しかも、主君を乗せているはずの駕籠は空。これは、どういうことでございますかな」

「だ、黙れ……」

「言い訳ならば、奉行所にてお聞きいたします。尚、渡辺様には後ほど、評定所役人が直々に迎えに行くと思われます。あなたが探していた……例の帳簿が見つかったのでね」

「き、貴様ら……」

　小林が抗おうとすると、遠山の駕籠の側にいた門前廻り同心が駆けつけてきて、取り押さえた。遠山の駕籠は扉が開くこともなく、何事もなかったのように、先へ進むのであった。

その場に座り込む竜吉に、錦は労《いたわ》るように声をかけた。

「ご免なさいね。あいつに白を切られては、渡辺様も追及できないので、この騒ぎを起こして捕縛しました」

「……」

「後は、評定所で裁かれると思いますよ。あなたも、これまでのことを正直に、お白洲で話せますよね」

錦は、竜吉の顔を覗き込んで、

「狂言を仕組んだのは遠山様ご自身です。駕籠の中から一切を見ていたはずです。あなたたちの身の上には、随分と同情しておいででしたから、これまでの罪も不問とはいきませんが、減罪になると思います……親に捨てられた子供たちを助ける方法は、他にいくらでもあると思いますよ」

と優しく声をかけるのであった。

その日のうちに――。

佐々木は『越前屋』に来て、おさえと対峙していた。毅然と背筋を伸ばしているものの、何処か不安げな顔つきであった。

横では、敏兵衛が申し訳なさそうに、俯いて座っている。番頭の数右衛門も側にいるが、大旦那の太郎兵衛は、予《かね》てより体調を悪化させて奥の部屋で寝込んでいた。いつどうなっても不思議ではないと、町医者から言われているという。

「もう言い訳はできまい、おさえ……」

佐々木が正直にすべてを話せと言ったが、おさえは頑として口を開かなかった。

「馬之助が殺されたのは、おまえのせいではない。だが、小林を煽ったと受け取られても仕方があるまい」

「……」

「馬之助と竜吉が、金と帳簿を盗んだと気づいたのならば、奉行所に届け出ればよいし、俺が訪ねて来たときにでも、きちんと話すべきだったな」

諭すように言う佐々木を、おさえは小馬鹿にしたように、

「——へえ……定町廻りの旦那が、盗っ人や人殺しまがいの味方をするとはねえ」

「人殺しまがい？」

「一歩間違えば、渡辺様は亡くなっていました。あれだけの大怪我をさせた盗っ人

が死んでも、自業自得ではありませんかね」

「そうだな。竜吉も極刑になるかもしれぬな。だが……盗んだ金はすべて、訳ありのものであり、しかも親なし子のために使われていたことから、裁きは軽くなるだろうな。しかも……たまさかのこととはいえ、おまえと渡辺様の不正を暴くことができるのだからな」

「私の不正……？」

「帳簿の話も、ちゃんとしとけばよかったんだ、俺に……隠さなきゃいけない訳を、おまえさんの口から聞こうか」

「……」

「どの道、お白洲で話さなきゃなるまいがな」

「何のことだか。私は知りません」

忌々しげに佐々木を睨みつけるおさえの目つきは、女商人というより、悪辣な咎人のようであった。その横顔をチラッと見た敏兵衛は深々と頭を下げてから、

「佐々木様……悪いのは私でございます」

と声をかけた。唐突な物言いを、佐々木は驚いて見ていた。

「妻のおさえには、何の罪もありません。私が手代上がりの情けない夫ですから、おさえは気丈に振る舞わねばならなかったのです。それだけのことでございます」

おさえは「ふん」という顔で、敏兵衛が話すのを黙って聞いているだけだった。

「あの帳簿は……私が渡辺様にこっそりと渡したものでございます。付けていたのも、私でございます。筆跡を確かめて下されば、明らかでございましょう。実は……渡辺様に頼まれまして、色々と便宜を図っておりました。あの方は勘定奉行になる御仁ですから、どうしてもお金が必要らしく、私どもで用立てて参りました」

「だそうだな。渡辺様もそう告白した。今日、評定所でな」

佐々木がハッキリと言ったので、敏兵衛のみならず、数右衛門も仰天していた。だが、おさえだけは表情が変わらない。

「そ、そうでしたか……で、渡辺様はなんと……」

「たしかに色々と便宜は図ったので、幾ばくかは受け取った。が、預けた幕府の公金で、勝手に先物取引をしていたとは知らなかった。それで『越前屋』が大儲けをしていたことなど、夢にも思わなかったと」

「……」

「しかも、帳簿では、老中や若年寄、各奉行に渡したことにして、『越前屋』が儲けていたことも知らないと。やはり、『越前屋』が勝手にしたことだともな」

佐々木が言うと、敏兵衛は「違います」と懸命に訴えた。

「公金による利殖の儲けは、渡辺様おひとりに渡しております。万が一、バレたときにはまずいので、幕府のお偉方の名にすげ替えていただけです」

「やはり、そうなのか」

「はい。すべて私が考えて、渡辺様にご提案しておりました。渡辺様も大層、喜んでくれておりました。ですので、私ひとりがやらかしてしまったことで、おさえはもとより『越前屋』の者は誰ひとり知りません」

敏兵衛は重ねて謝罪すると、佐々木は頷いて、

「つまり、おまえが渡辺様の言いなりに、便宜を図っていたということだな」

「その通りでございます」

神妙な顔で頭を深々と下げたとき、数右衛門がたまらず横から口を出した。

「それは……あり得ません。敏兵衛が……いえ、若旦那はたしかに数理に長《た》けてはおりますが、さもしいことや悪いことができる人間でないことは、番頭の私が一番、

よく知っております。小僧の頃から育てたのは、私でございますから」

「どうかな。人は変わるぞ」

「いえ。先代に聞いて貰っても分かります。おさえさんの婿……つまり、いずれ『越前屋』を立て直すに相応しい者は、敏兵衛だと認めたのも先代だからです」

敏兵衛は数右衛門の言葉を遮ろうとした。が、さらに数右衛門は佐々木に向かって続けた。

「先代は、儲けた金の多くを困った人々に分け与えることもしておりました。利益が少なくとも、小口で貸すのが多かったのも、そのためです……商人は世の中を豊かにするためにある。だが、金貸しは利鞘で生きているだけだから、尚更、世の中の役に立たねばならない……それが、先代の考えでした」

「ほう。立派だな。だから、俺のようなものにも用立ててくれた」

「ですが……おさえさんは、小口よりも大口を扱うことで、利益を大きくしなければ、世の中の役に立たないと思っております。世のため人のためという考えは、先代と同じです。ですが、身の丈に合った小さなことをコツコツやるのと、博奕のような大口ばかりあてにするのとは、商いの姿勢が違います」

「……」

「そのことで、おさえさんと先代とは、よく口喧嘩をしておりました。此度の一件については、先代は何も知りません。ですが……」

「もういいッ」

金切り声を上げて、おさえは数右衛門の話を止めた。そして、敏兵衛も睨みつけ、

「あなたたちは、なんです。私がぜんぶ悪いと言いたいのですか」

「おさえ、私はそんなことは……」

敏兵衛が申し訳なさそうな顔になったが、おさえは我慢がならないという態度で、佐々木に向かって言った。

「私が悪いなら、それでいいですよ。お父っつぁんのように、他人様《ひとさま》のことばかり案じている間に、おっ母さんは病で死んでしまった……商いは人助けなんてのは綺麗事《きれいごと》だ。儲けないと人助けもできないんですッ」

「そうだよ、おさえ。だから私も、おまえを支えてきたつもりだ」

泣きそうな顔で敏兵衛が言っても、おさえはもう聞く耳を持たないとばかりに、

「いいですよ。すべて、お奉行所に行って話しますよ。女主人の私が、渡辺様に便

宜を図ってたとね。これで『越前屋』も闕所《けっしょ》になって、きれいサッパリできて、あなたたちも気持ちがいいのでしょう」

と憤懣やるかたない顔で立ちあがろうとした。

その前に——錦が立った。真剣なまなざしで、静かだが強い意志を感じる。

「お父様を診ていました。佐々木様に命じられて……最期に言葉をかけてあげて下さい」

「さ、最期……!?」

「はい。お父様からも少しお話を聞きました。あなたに謝りたいことがあるそうです」

「えっ。そんな……！」

おさえは奥の部屋に行って、眠っている太郎兵衛の側に座って、

「お父っつぁん……しっかりして」

と声をかけたが、もう虚ろであった。その手を握りしめて、おさえは必死に、

「死なないで、お父っつぁん……店はちゃんと守っていくから……敏兵衛さんと、きちんと立て直すから……」

と耳元に話しかけた。

かすかに目を開けた太郎兵衛は、小刻みに震える唇で懸命に話しかけた。

「すまなかったね、おさえ……商いに向いていなかったのに、無理矢理……これからは、おまえの思うがままに生きておくれ……」

それだけ言って息絶えた。

「——お父っつぁん……何を言っているの、お父っつぁん……私は、私なりに一生懸命……お父っつぁんに好かれたいために……お父っつぁんが大切にしてきた、お店を守りたいために……ああ、お父っつぁん……！」

おさえは泣きながら、太郎兵衛に抱きついた。その姿は、ただ父親に甘える小さな娘のようであった。

錦は黙って、おさえを見ていた。お白洲には同行して、渡辺の言いなりになるしかなかったおさえの立場や気持ちを援護しようと、心に誓っていた。

第三話　年寄りの火遊び

一

八田錦の診療所は、八丁堀の町方組屋敷が並ぶ一角にある。元吟味方与力・辻井登志郎の屋敷の離れを借りているのだ。

小石川養生所医師をしていた錦の父親と辻井が親友だった縁である。もっとも、辻井は深川だか向島に女がいるとかで、組屋敷にいたためしはほとんどない。女のことは噂に過ぎないが、錦もしばらく辻井の顔を拝んでいなかった。

屋敷の冠木門には、『本日休診』の札は掛かっていないので、近所の町人たちも押し寄せてきていた。特に若旦那や若い職人衆ら、錦を口説きに来ているのが、見え見えの者たちが多かった。

その中に混じって、三人の顔見知りの元役人がいた。いずれも隠居して十年以上になるが、持って生まれた体が丈夫なのか、普段から鍛えているのか、衰えを知らない年寄りたちであった。

ひとりは元吟味方与力の藤堂俊之助《とうどうしゅんのすけ》で、辻井の元上役に当たり、養子の逸馬がその職を継いでいる。主に、凶悪な事件の咎人を取り調べ、証拠を揃えて、町奉行がお白洲で裁決するための調書を作成するのが任務である。

「錦先生……最近、どうも足腰が弱くなりましてな、道場で剣術の稽古をしていても、踏み込みが甘く、すぐに転んでしまうのだ」

一見すると古稀を迎えた老人には見えない。黒々とした髷や鬢、艶のある肌で、体躯も立派な偉丈夫である。

「もしかしたら、稽古のし過ぎではありませぬか。若い人たちに勝とうと思って頑張るのは結構ですが、腹八分目とも申しますし、ほどほどに」

「いや、日々鍛錬しておかぬと、辻井様のように隠居しても女を囲うことができぬゆえな。俺もあやかりたい」

「単なる噂話です」

「いやいや。錦先生がその相手という噂もあるぞ」

「元吟味方与力ともあろう御方が、相手が若い女と見るや、さような嫌がらせはよくありませんよ」

望診をしてから、錦は俊之助の肩胛骨《けんこうこつ》から脇腹、腰、股関節などを整え、

「特に悪いところはありません。足腰が痛いのは、加齢によるものです。骨は若い頃よりも数段、弱くなっておりますから神経にも障ります。気をつけて下さいね

……では、武田様《たけだ》、どうぞ」

後ろにいた、やはり背の高い壮健な体つきのご隠居に声をかけた。俊之助に比べて白いものが混じっているし、なんとなくぼんやりしている感じがする。

「大丈夫ですか、武田様。武田虎吉《とらきち》様」

錦が手招きをすると、口元に微笑を浮かべて、

「今日は日和が良くて、綺麗に咲いた梅に止まっている鶯の鳴き声も心地いい

……」

「藤棚に、紫の美しい花が下がっている時節ですよ。でも、武田様は俳諧がお好きですから、何か考えていたのですかね」

少し惚けている様子だが、まだ自分が誰か分からぬとか、物事の判断ができない

というほどではない。隠居して、役所に出仕しなくなれば、日々の緊張が失せてしまい、昨日と今日の区別がつかぬようになることもある。

「武田様は寺社奉行支配の吟味方で、たしか評定所に出向していたのですよね。それで、藤堂様とも仲良しだった」

「こいつとは、幼馴染みみたいなものだ。同じ学問所に学んだ。俺の後ろにいる阿呆面した平八郎《へいはちろう》もそうだ」

悪し様に虎吉が言ったのは、毛利《もうり》平八郎のことである。たしかに、俊之助や虎吉に比べれば気弱な感じに見えるが、身分は御家人のふたりよりもずっと高かった。

「こいつは俊之助や俺と違って、お旗本だからな。しかも奥右筆《おくゆうひつ》仕置掛《おきがか》りという、御老中でも一目置くほどの偉い御仁だった……だっただけだがな、ははは」

虎吉が大笑いすると、俊之助が「よせ」と肩を叩いた。すると、虎吉が「痛いじゃないか、この」と叩き返して、また俊之助が「そんなに強く叩いてないぞ、こら」と叩き、しばらく子供のように続ける。

「いつも仲がよろしいこと。やはり幼馴染みは屈託がなく付き合えて良いですね」

錦が虎吉の様子を窺いながら言うと、平八郎は気弱そうでありながらも、憤懣や

るかたない表情になって、

「冗談ではない。御家人と一緒にするでない。こやつらふたりは、子供の頃、私を虐めてばかりおったが、役職はずっとずっと下だ。話にならぬくらい下っ端だ」

とムキになって言った。

「そうなんですね。でも、身分を越えて、この年になるまで親しく付き合える友は、なかなかいないのではありませんか？」

「誰が仲がよいものか。私は迷惑を被っていただけだ。どれだけ、こいつらの尻拭いをしてきたか、錦先生は知るまい」

「なんだかんだ言って、心の底では信頼し合っている。素晴らしいことだと思います。そういう仲間がいることで、心身とも〝堅固〟が健やかに保てるのですよ」

「いや、それはだな……」

まだ何か文句を言いたそうな平八郎の口を止めて、虎吉が言った。

「錦先生に愚痴を垂れてもしょうがないだろう。俺たちに直に言え」

「おまえたちに言ったら……」

「言ったら？」

「何をされるか分からない。いいから早く診て貰え。私はさっきから、腹が痛くてしょうがないのだ」

「厠《かわや》なら向こうだぞ」

「そうじゃない。この辺りがギュッと……」

痛々しそうに脇腹から背中辺りを、平八郎が触っていると、錦は心配そうに立ちあがって、近づいて診てみた。触診しながら、痛みの位置や度合いを尋ねると、

「痛たた……ああ、その辺が、あたた……先生、痛い痛いッ」

と平八郎が悶え苦しんだ。それを見ていた俊之助と虎吉は苦笑しながら、

「先生。こいつはガキの頃から大袈裟なんだ。指の逆剝けですら、心臓が剔《えぐ》られたような苦痛だと叫んで転がり廻るからな」

「そうそう。相手にすることはないよ。どうせ食い過ぎだ」

などと、からかうだけだった。

年寄り臭さのない三人だが、錦は平八郎の体調だけは心配そうに、後でじっくりと診直すと伝えるのだった。

その夜――。

俊之助と虎吉はいつものように、八丁堀の一角、薬師堂近くにある『実梨栗《みなしぐり》』という居酒屋にいた。付け台と奥に小上がりがあるだけの小さな店構えだ。

その昔、ここには俳人の宝井其角《たからいきかく》が住んでいたとかで、編著書の『虚栗《みなしぐり》』をもじって店名にした。虚栗とは秋の季語で、殻ばかりで中に実のない栗のこと。酔っ払いの話には中身がないということで、店が暖簾を出した当時、俊之助たちが命名したのである。

主人の利吉《りきち》もとうに還暦を過ぎている爺さんで、看板娘の美咲《みさき》は孫である。二親はもう十年ほど前に、ある事件に巻き込まれて亡くなり、まだ五歳だった孫娘を、利吉夫婦が育ててきたのだ。その女房も三年前に病で亡くなって、美咲は健気に利吉を支えているのだ。

「あれ、今日は三馬鹿大将のひとりが来てませんねえ」

屈託のない顔で美咲が言うと、利吉は「これこれ」と窘《たしな》めたが、俊之助も虎吉も気にするどころか、美咲を自分の孫のように可愛がっていた。ふたりとも子供はいるのだが、まだ孫に恵まれていない。早く欲しいと願っているのだが、年下の利吉にはもう、このような大きな孫がいると羨んでいた。

「平八郎はな、どうやら体の調子が悪いらしくて、錦先生の診療所に居残りだ。だが、嘘に決まってる。理由つけて、錦先生を口説きたいんだろうよ」

白魚の佃煮を肴に手酌で酒を飲みながら、俊之助が言うと、美咲は大笑いして、

「口説くって……毛利様はもうお孫さんもいらっしゃいますし、息子さんは立派な奥右筆であられますし、娘さんもお綺麗で……」

「そんなの関わりないよ。平八郎は、ああ見えて結構、女好きでな。書庫には絵草紙なんかも、わんさか置いてあるんだ」

「あら、いやだわ……」

恥ずかしげに顔を伏せる美咲を、俊之助と虎吉がからかうように笑うと、「年端もいかぬ娘ですから、勘弁してやって下せえ」と利吉は困った顔になった。

その時、暖簾を潜って、ぶらりと平八郎が入ってきた。幽霊にでも出会ったような、真っ青な顔色である。

「やはり、振られたか。おまえが口説ける相手じゃないよ」

俊之助が言うと、虎吉も続けて、

「さよう。老いらくの恋は惨めったらしいぞ。俺たちは若い頃から女にもてていた

から、もう何の未練もない」

と笑いかけた。だが、平八郎は両肩をガックリと落として、ふたりの間に割り込むように座ってから、

「駄目だ……俺はもう駄目なんだ……」

と目も虚ろになった。

すぐに美咲が銚子と杯を持ってきて、「駆けつけ三杯ですよ」と差し出したが、

「あ……美咲ちゃん、ありがとう……でも、俺はもう酒は飲めないのだ……この辺りが痛いのは、肝の臓がかなり痛んでいるとのことで……錦先生に止められたばかりだ」

「おい。本当か」

虎吉が平八郎の脇腹を指先で突っつくと、

「ひゃ。痛い、痛い。ふざけるのは、や、やめてくれ……」

と情けない声で言った。

「ほらな。大袈裟なんだ、こいつは」

俊之助も追い打ちをかけるように笑ったが、平八郎は暗澹たる表情のままで、

「冗談ではないのだ……このままでは、いつ死んでも不思議ではないらしい。だから、好きな釣りもしないで、安静にしていなければならないとのことで……小柴胡湯《しょうさいことう》や柴胡桂枝湯《さいこけいしとう》を処方してくれたが……良くなるかどうかは分からないらしい……」

「本当かよ……」

ふたりは俄に心配そうな顔になって、

「俺たちを担いでるのではないだろうな、平八郎。おまえはよく仮病を使って、学問所も休んでいたし」

「ほ、本当なのだ……大酒食らいのおまえたちが元気で、酒なんぞ、ろくに飲めない俺がなんで、こんな目に……」

平八郎が泣き出しそうな顔になると、虎吉が肩を軽く叩きながら、

「肝の臓は、気の病からも来るというからな。おまえは色々と考え過ぎるから」

「黙れ……おまえたちが一番、気疲れなんだよ」

「だったら、帰ればいいじゃないか。屋敷はすぐそこだし」

屋敷は番町にあるが、隠居してから俊之助たちの住まいに近い八丁堀の組屋敷の

空き家を借りているのだ。

俊之助も平八郎の肩に軽く手を置いて、

「山田浅右衛門《やまだあさえもん》は知り合いだ。人胆丸《じんたんがん》を貰ってきてやるから、それも飲んで、錦先生の言うとおり、しばらく大人しくしているがいい」

と慰めた。

人胆丸というのは、首斬り役人の山田浅右衛門が〝専売〟できる薬だ。罪人で試し斬りをした後、死体の肝臓や胆嚢などを原料にした薬を作り、販売することが幕府に許されていた。それは労咳だけではなく、万能薬として使われていたが、効き目は分からない。

美咲は気味悪そうに、可愛らしい顔を顰めて、

「——なんだか、恐い……でも、毛利様。決して、ご無理はなさらないでね。でないと、三馬鹿大将じゃなくなっちゃうから」

「こら、こら」

利吉がまた窘めたとき、店の表で大声がした。

「おい。待ちやがれ！　逃がさねえぞ！」

聞いたことがある声である。思わず俊之助と虎吉が飛び出すと、掘割沿いの道を、岡っ引の嵐山が突進してくるのが見えた。その前には、忍びのような黒装束が走ってきている。考えるよりも先に、俊之助と虎吉は両手を広げて、黒装束を捕らえようとした。近づくと小柄だが、すばしっこそうだった。

「もはや、逃げられぬぞ。俺たちと会ったのが不運だと諦めろ」

俊之助が手を伸ばすと、猿のようにひらりと飛び上がった黒装束は、ふたりの肩を踏み台にして、さらに先に逃げようとした。だが、虎吉の手が黒装束の足首を摑んだ。

「おい。大人しくしろ」

地面に落ちた黒装束はクリルと反転して、虎吉の腕を振りはらうと、立ちあがって走り去ろうとした。が、その前に立った俊之助が抜刀して、切っ先を突き出した。

「怪我はさせたくない。観念して、お縄になれ」

ズイと踏み出すと、黒装束は俊之助と虎吉を見ながら、

「なんだ。爺《じじ》イらか。ふん」

と鼻で笑うと、一瞬の隙にふたりをかいくぐって逃げ出した。俊之助はとっさに

相手の肩か腕を斬ろうとしたが、たたらを踏んで倒れてしまった。

「あたた……こ、腰が……！」

その隙に、黒装束はあっという間に駆け去り、宵闇の中に消えてしまった。

虎吉が俊之助を助け起こしている間に、嵐山が近づいてきて、

「大丈夫ですか、御老体」

「い、痛い……情けない……年は取りたくないものだな……ぜえぜえ」

俊之助が少し荒い息で言うと、

「ご無理をなさらねえように。ごめんなすって」

嵐山は黒装束が消えた方へ駆けていったが、俊之助と虎吉は肩を組むような格好で、ただ呆然と見送るだけであった。

二

御家人の屋敷は、旗本がひとりに対して一軒ごと拝領するのではなく、組に対して与えられるから、〝組屋敷〟という。八丁堀にも組ごとに数千坪が割り当てられ、

それをさらに組内で分けるのである。

与力は三百坪ほどの広さで、屋敷は概ね六部屋。他に台所や土間、蔵などがある。空いている土地や建物は御目見医師や町医者、絵師や歌人、学問所の教育者らに貸すことが多かった。同心は与力の半分ほどの広さだが、家人や中間を入れても居住には充分で、一室を町人に貸すことで、収入の足しにしていた。

だが、藤堂家は代々、吟味方与力という公平で公正な立場であることから、拝領屋敷の賃料を得ることはせず、家禄だけで生計を立てていた。もっとも、今は隠居の身、清貧の暮らしを旨としていた。

以前は畑にしていたという庭には、小さな池を作って鯉を飼っており、築山も設えられている。縁側から四季の移ろいを、ぼんやりと眺めて暮らしているが、どうも花鳥風月を楽しむ性分ではない。世の中の政《まつりごと》や事件のことが気になって、内儀や中間を相手に、不平不満ばかり垂れている。

花壇が見渡せる一室で、藤堂俊之助は背もたれに体を預け、足を伸ばして座っていた。昨夜、黒装束を捕らえようとして、腰が砕けて倒れたときに、右足首を痛めたのだ。

「――なんとも情けない……あんな手合い、少し前なら、容易に倒せたのだが、こっちが倒れたわい、あはは」

俊之助の側では、妻の光恵《みつえ》が穏やかな笑みを湛えながら、

「ですから、無理をなさらないようにと、いつも言っているではありませんか。古稀ですからね、年を考えて下さい」

「古稀か……」

まだ若さの残る光恵の顔をしみじみと見ながら、俊之助は訊いた。

「おまえは幾つになったのだ」

「妻の年も忘れましたか。十歳も年下ですよ。もっともお勤めのことばかりで、私の顔も忘れたようですからね。覚えていますか？」

「ふざけるな。惚けているのは、虎吉の方だ。あいつは、今食ったばかりの飯のことも忘れているからな……それより、平八郎の方が心配だ。どうやら肝の臓をやられたようでな」

「まあ、それは大変ですこと……」

「酒はあまり飲まんから、やはり気を使い過ぎて神経が磨り減ったのかのう」

心から案じている様子の俊之助に、光恵は労るように、

「あなたも気をつけて下さいましね。まだまだ頑張って貰わなくてはなりませんから」

「頑張る？　何をだ……御家もお役目も逸馬が継いで安泰。早く嫁を貰って、孫の顔くらい見て死にたい」

「死にたいだなんておっしゃらず、まだまだ一花咲かせて下さいまし」

「一花……な。俺は、虎吉のような女遊びはしないよ」

「そういう意味ではございません。隠居してからも、〝鰺《あじ》の会〟で頑張って、御用に貢献している方々もおいでじゃないですか。あなたも頑張って……」

「いや。御免だな」

俊之助はあっさり否定した。〝鰺の会〟というのは、隠居した吟味方の与力や同心の親睦を兼ねた寄合である。町奉行所が扱っている事件探索を手伝い、解決の糸口を見つけたり、経験を若手の役人に教えたりしている。

与力は知行取りで、上総か安房に知行地が多かった。鰺のたたきやなめろうが美味しいので、「鰺を捌《さば》いて、叩きにする」のを「裁いて敲《たた》きにする」にかけて、〝鰺

の会〟と称していたのだ。

「この会は、現役のときには役立たずで、大した手柄もない奴ばかりの集まりだ。隠居してからも、偉そうにしたいだけだ」

「そんなふうに言っては身も蓋もありませんわ。年寄りになっても世間の役に立つのが、お役人の本望ではありませんか。いつも、あなた、おっしゃってました。役人とは、人の役に立つと書くって」

「俺は充分立ってきたではないか。お奉行からの金一封も数知れず、御老中直々にお褒めに与った事件も沢山ある。たとえば、御用金三万両消失の一件、御三家若君人質の一件、偽将軍謀略の一件、それから……」

「百も承知しております。だからこそ、まだ元気なうちに、あなたのお力を発揮するべきかと思いますよ」

穏やかな笑みで光恵がそう言うのは、発憤させるというより、無聊《ぶりよう》を決め込んで過ごすより心身によかろうと思ってのことだ。

そこに、中間に案内されて、錦が訪ねてきた。

「先生、昨日、診て貰ったばかりなのに、呼び出してすまぬな」

俊之助が申し訳なさそうに言うと、光恵は錦を溜息混じりで見ながら、

「あなたが八田錦先生ですか。家内の……」

「存じ上げております。通りで何度か、おふたりで仲睦まじく歩いておられるのを、お見かけしておりました。〝堅固〟のためには、歩くのが一番でございます」

「そうですね。噂どおりに美しい先生。町奉行所の若いお役人たちが、お嫁に欲しいと一生懸命なのが分かりますわ」

「余計なことはよい。茶でも持ってこい」

俊之助が言うと、光恵は錦に微笑みかけて、「よろしくお願いします」と言ってから、楚々とした姿で立ち去った。

「私も、奥方様のように凜として、それでいて優しい人になりたいです」

「どこがだ。先生の方が今でも……ああ、それより、痛くて動かぬのだが、骨接ぎ医に行った方がよいかな」

俄に年寄り臭い態度で、甘える顔になった。

錦は右足首だけではなく、足腰が弱っているというから、昨日に続いて色々と診てみたが、さほど重傷ではなく、

「打ち身ですね。捻挫はしていません。大丈夫です。本当に足首を捻ったり、折ったりすると、しばらく歩くことができませんので、気をつけて下さい」

「さようか……それにしても情けない。あんな輩、一撃でのしてやったのに」

悔しそうに踵を自分で床に落として、「痛い」と苦痛の顔になる俊之助に、錦は苦笑交じりに言った。

「その黒装束なら、嵐山親分が捕まえましたよ」

「おう、そうか。それはよかった」

「藤堂様と武田様の連携で、それこそ足をちょっと捻ったみたいで、一町程先で蹲《うずくま》っていたところを嵐山親分が捕らえたそうです」

「はは。とろくさい奴だ。どうせ、ろくでもない盗っ人だろう」

「それが、十六、七の……それこそ、仲良し三人組がよく立ち寄る『実梨栗』の美咲ちゃんくらいの女の子でした」

「えっ……ええ！　たしかに小柄ではあったが……」

吃驚《びっくり》するよりも、俊之助はガックリと頭を垂れていた。小娘ひとり捕らえることができなかったことを、本気で恥じているのだ。

「嵐山親分に捕まったから、大人しく素性も話しました」

「食うに困ってのことか。近頃は景気が悪く、職を失った者も多いゆえな」

「いいえ、驚いたことに、武家娘でした。しかも、ちゃんとしたお旗本の娘さんです」

「ええっ……何処の誰なのだ」

「まだ内聞とのことですが、藤堂様なら構いませんでしょう。小普請組組頭・高瀬《たかせ》岩十郎《がんじゆうろう》様のお姫《ひい》様だそうです」

「なんと、まことか！……高瀬様なら、まったく知らぬわけではない。なかなか立派な御仁と聞き及んでおるが。まさか……」

「小普請組というのは、いわゆる無役ですが、組頭として公儀普請などを割り当て、旗本として尽力しているとか」

「で、姫様はどうしておる」

「自身番では差し障りがあるので、とりあえず大番屋にて、北町奉行所定町廻り同心の佐々木康之助様が調べておいでです。逆らうこともなく、大人しく応じているそうですよ」

「ふむ。姫ご乱心の一件か……」

と言いながら、俊之助は立ち上がり、部屋から出て行こうとした。そこへ、光恵が茶を運んで戻ってきて、

「おや。もう歩いてよろしいのですか」

「出かける。羽織を持て」

「そんな急に……何があったのでしょうか」

光恵は錦に訊いたが、俊之助の方が苛ついたように、

「いいから持ってこい。大事件が起こったのだ」

と命じた。光恵は呆れ顔になったが、一度言い出したら聞かぬ性分だと承知しているので、出かける用意をして、中間も付き添わせるのであった。

三

出かけると言っても、藤堂家からは町内も同然の南茅場町の大番屋である。錦も一緒に来たが、今の今まで痛いと甘えていた足首も大したことはなさそうだった。

高瀬の娘は、佳乃《よしの》といって、まだ十七歳だというが、細面で切れ長の目は意志が強そうで、まるで若武者のようであった。髪は束ねたままで、いでたちも若侍が身につけるような着物と野袴姿であった。黒装束はその上に纏っていただけだが、娘らしからぬ姿に、俊之助も少々面食らっていた。

「嫁入り前の若い娘が、盗賊の真似事とは剛毅なことだが、お父上が知れば、涙を流して嘆くと思いますぞ」

座敷に座らされていた佳乃は、「誰ですか」という顔をしていた。が、俊之助はその前に座るなり、じっと見つめて、

「昨夜、捕らえ損ねた爺イだ」

「ああ……」

佳乃はやはり鼻白んだ様子で、

「ご迷惑をおかけしました……と言いたいところですが、何方様でしょうか」

と訊くと、横合いから佐々木が名前と身分を報せた。それでも、佳乃は特に驚いた様子もなく、隠居した与力が何故、大番屋に顔を出すのかと逆に問い返した。

「俺も一応、〝鯵の会〟の仲間でな」

「〝鯵の会〟……なんですか、それは」

「裁いて敲くのだ。隠居の身とはいえ、お奉行から直々に命じられて、探索の手助けをするのが使命ゆえな、事情を訊きたい」

「……」

「仮にも旗本の娘御《むすめご》が盗っ人紛《まが》いの格好で、何をしておったのだ」

「取り調べなら、佐々木様にお話ししましたので、そちらから聞いて下さい。それでは失礼致します」

佳乃は腰を上げようとしたが、俊之助は野太い声で「座らっしゃい」と命じた。あまりにも迫力のある堂々とした態度に、佳乃は思わず座り直した。

「定町廻り同心の取り調べと、吟味方与力の詮議とは意味合いが違う。佐々木には、そこもとが事実を申し述べただけのことで、吟味方では虚偽がないか、真実は何かを調べ直す。むろん、武家娘ゆえ、町方与力が取り調べる事案ではないと反論するかもしれぬが、俺は謂わば当事者であるから、キチンと答えて貰いたい」

「そうですか。何なりと、ご質問下さいませ」

居直ったように、佳乃はぎらついた眼光を俊之助に向けた。

「佳乃殿は何故、嵐山に追われていたのかな」

「盗っ人と間違われたからです」

「何処その商家にでも忍び込んでいたというのか。あの刻限に黒装束では、怪しまれても仕方があるまい」

「はい。忍び込んでいました。浅草蔵前の札差『駒金屋《こまがねや》』です」

「『駒金屋』なら、よく存じておる。藤堂家の蔵米を扱っている札差だ。主人の金《きん》右衛門《えもん》は、札差肝煎も務めたほどの人物だ」

「承知しております。高瀬家もそうですので」

「ならば、何故に忍び込んだ。金が腐るほどあるとでも思ったのか」

　俊之助が訊くと、佳乃は苦笑して、

「違います。米切手を盗み出そうとしましたが、探しているうちに店の者に見つかったので逃げました。途中、たまたま番屋から出てきた大柄な岡っ引と鉢合わせになり、私を怪しむので、思わず逃げたのです。そして、八丁堀辺りまで逃げてきたときに、あなた方に捕まりそうになった。それだけのことでございます」

　と淡々と述べた。

「それだけって……おいおい。人をからかうのも大概にせい。『駒金屋』に押し入ったのは事実なのだな」

「押し入ったのではありません。そっと入りました」

「からこうておるのか」

「脅して強引に押し込んだのではありません。私は、米切手が欲しかっただけです」

「なに……？」

米切手とは、切米手形《きりまいてがた》ともいい、札差は幕府旗本と御家人に、上方なら蔵屋敷が蔵米の所有者である大名に発行した米の預り証のことである。それを持参して、現物の米や石高に相当する金と交換するのだ。

ところが、米切手は、実際の米の保存量を気にせずに売買が容易にできるため、蔵にない米の取り引きをする者も出てきた。

元々は十石単位であったが、『米一石』とか『米五俵』と書かれた米切手も登場し、米切手は手軽に持ち運びができる。米問屋の間で、現物取引の代わりに決済に使われ、時に売買もされていた。現金や為替の代わりに利用されていたのである。

武家と商人の間でも、まだ収穫前の翌年の米切手を発行し、それを使って借財の埋め合わせなどをした。つまり、江戸市中には、実際に札差の蔵にある米の量よりも沢山の米切手が発行されていたのである。だが、現物量との差が大きすぎて〝不渡り〟が生じたため、幕府は米切手の発行を制限していた。

それでも、札差の中には、金銀の調達をするために、〝空米切手《くうまいきつて》〟を扱う者がいた。法をすり抜け、先物取引が公然と行われていたのである。先物取引は、商人同士ではなく、誰でもするようになり、現代で言えば株取引のように、米の出来高によって、米切手の値打ちが上がるので、蓄財に利用するようになった。

もちろん米価によっては、損をすることもあるが、株券のように売買できる。しかも、最低でも食べる米は得ることができるので、江戸庶民の中にも所持する者がいた。ところが、近年は、米切手を高く買わされ、安く処分されることが続き、札差が儲かる仕組みになっていた。

「ですから……私はその証拠を得るために、『駒金屋』に忍び込んで、米切手を奪おうとしたのです。空売りになることを承知の上で、米切手を処分しておりました。しかも……偽の米切手まで作って、大量に発行していた節もあります」

それらの悪事を暴くために、盗み出すのは当然だと、佳乃は言い張った。

俊之助は驚いて聞いていたが、

「米切手とは、そもそも米の数量と交換できることを、江戸町奉行所が保証しているだけのものだ。それを良いことに、金銭代わりにすることを禁じておるのは、『駒金屋』ら札差が一番、承知しているはずだがな」

「それを公然としているのです。なぜなら、米切手での取り引きが滞り、信頼が失墜すれば、自分たちの悪行もバレるからです。簡単に言えば、値打ちのない藩札をずっと使い続けて、領内で廻しているようなものです」

「なるほど……お姫様はそういう話が好きなのですかな」

ニンマリと笑う俊之助を、佳乃は険しい目で見上げて、

「小娘だと思って、馬鹿にしないで下さい」

「そうではない。感心しているのだ。さすが、高瀬様のお姫様だとな」

「父上は関わりありません。不正を許せないだけです」

「不正……」

「そうではありませんか。私たち武家は、お百姓さんが汗水流して作ってくれたお

米で暮らしております。それを札差という、いわばお米の受け取りの仲立ちをする者が、悪知恵を働かせて儲けているのですよ。おかしいと思いませんか、藤堂様」

「なるほど。よほどのお転婆と見える」

俊之助が言うと、佳乃はさらに怒るような顔つきになって、

「やはり小娘の戯れ事と思っているのですね。あなた方、町方役人がぼんやりしているから、札差が狡いことを企むのです。吟味方与力というのは、悪事を暴いて制裁するのが、お役目なのではないのですか」

と食ってかかるように言った。

傍らで見ている錦も気持ちよいくらいであった。だが、まだ若過ぎるのか、正義感だけが先走り、空廻りしているようだ。だからこそ、自ら盗みに入るなどという突拍子もないことをしたのであろう。

「分かった分かった。たしかに、佳乃殿の言うとおりだ」

宥《なだ》める口調になって、俊之助は孫娘にでも接するように微笑みかけ、

「俺が隠居してから十年。町奉行所の様子も随分と変わった。役人たちの目は庶民たちには向いておらず、上役の顔色ばかり気にしておる。失敗せぬように、責任を

取らされぬように、となＪ」


「では、『駒金屋』のようなことをしていても見過ごすとでも……」

「世の中はもう少し複雑でな、乳母日傘《おんばひがさ》で育ったお姫様が考えているほど単純ではない。だが、佳乃殿の言い分はもっともだ。この藤堂俊之助、老体に鞭打って、真相を確かめてみようではないか」

「本当ですか……？」

佳乃の顔が疑念に満ちたとき、「御免」と声があって、ひとりの武家が入ってきた。紋付きの羽織袴姿だが、どことなく気弱そうな風貌で、差している刀も妙に垂れ下がっていて、威厳がまったくない。

「──これは、藤堂殿……そこもとが、何故、ここに……」

先に声をかけてきたのは武家の方だった。佳乃の父親・高瀬岩十郎である。

「ご無沙汰しております。すっかり年寄りになってしまいました。高瀬様には、かような頼もしい娘御がおいでになったとは、知りませなんだ」

「いや……うちの娘が何か粗相でも……」

恐縮したように言う高瀬に、俊之助は配慮をしたのか、

「まさか。立派なお姫様でございます。実は、うちの間抜けな同心と岡っ引が、ちょっとした間違いを犯しましてな。大切な娘御をかようなむさ苦しい所に逗留させてしまいました。私からも平にお謝り致します」

と言うと、佐々木は不満そうに何か言おうとした。が、高瀬は目の前の佳乃に、

「もしかして、また米切手のことを探ろうとしていたのではないのか」

と責めるように訊いた。父親も承知していたことのようだ。

「おまえには関わりのないことだ。しかも、女だてらに余計なことをするでない」

「――こういう父親なのです、藤堂様」

佳乃は告発でもする目つきで、父親をまるで駄目な武士であるかのように訴えた。

だが、俊之助は高瀬の味方をして、

「佳乃殿の気持ちはよく分かるが、物事には順序というものがある。今、話を聞いた件については、不肖、藤堂俊之助、命に代えて、最後の御奉公と致しまする」

と言った。だが、そのふざけた言い草を、佳乃は冷静に見ていた。

どうも大人を信じていない目つきだったが、俊之助はもう一度、任せて欲しいと声をかけた。どのようなやりとりがあったのか、高瀬には知る由もなかったが、お

転婆娘を持つ父親の不安が分かるような態度だった。

高瀬の内心を慮《おもんぱか》りながら、錦は微笑ましくそのやりとりを見ていたが、何処かに違和感があった。俊之助は既に何かを見抜いているのではないか、という思いが過《よぎ》っていた。

四

どんより曇った空の下を、もっと陰鬱に曇った顔で、毛利平八郎はトボトボ歩いていた。何度も溜息をつきながら、

「――ああ……俺はもう駄目だ……どうせなら、早く迎えに来てくれ……」

ぶつぶつと呟いていた。

その前に、武田虎吉が通せんぼをするように立った。ハッと驚いた平八郎は、思わず逃げようとしたが、虎吉は後ろ襟を摑んで、

「俺だよ。誰と勘違いしているのだ」

「なんだ、虎吉か……また借金取りかと思った……ああ、よかった」

胸を撫で下ろす平八郎に、虎吉が肩を組むようにしながら、

「借金て、旗本のくせに借金なんぞしているのか。隠居して水茶屋の女にでも注ぎ込んだか。それとも博奕にはまったのか」

「馬鹿を言うな。おまえとは違う」

「俺は女に貢がれた方だ。この役者のような顔に、武芸者としても一流ゆえな」

「〝自画爺さん〟かよ。武芸者なら、あんな小娘を取り逃がすか」

「俺は心配しているのだ。何のために借金をした。家禄は倅《せがれ》に譲ったとはいえ、隠居料もたんまりあるだろうに。俺なんざ、所詮は小役人。〝鼠の涙〟だ」

自嘲気味に虎吉が言うと、平八郎は情けない声で、

「雀の涙だろ。俺は旗本といっても、最低の二百石だ。手取りは八十石。扶持米二百俵の俊之助の方が多いくらいだ。しかも、奴は町方与力だから付け届けも結構あるはずだ。トホホ……やっぱり騙されたのかなあ」

「誰に、何を騙されたのだ。訳ありなら、俺が仲裁に入ってやる」

虎吉が問い詰めると、平八郎は目の前に迫ってきた『実梨栗』に引き寄せられるように入った。まだ暖簾は出ていないが、利吉と美咲は当然のように招き入れ、い

つもの席に座らせて冷や酒を差し出した。

「昼間の酒は酔いが廻るのが早いから、安上がりだ。あはは」

笑って虎吉はグイッと呷《あお》ったが、平八郎は「錦先生に止められているから」と茶をくれと申し出た。

「で、何があったのだ。やはり水茶屋の女に騙されたのか」

尋ねる虎吉の言葉に驚いて、利吉も美咲も吃驚して聞いていた。

「ああ。初めはそうだった……両国橋西詰めにある『富士川《ふじかわ》』という水茶屋の女将だ。お多喜《たき》というのだが、これが年増ながらいい女でな……」

「その女将に入れ上げたのだな」

「違うよ。最後まで聞け。おまえ、それでも評定所に出仕してたのかよ……その女将に、米切手を買わされたのだ」

「米切手……ああ、そうだ。すっかり忘れていたが、そのことで、平八郎も誘えと、俊之助に頼まれてな。それでさっき、おまえを待ち伏せしていたのだ」

「えっ……何の話だ」

首を傾げる平八郎の顔を見ていて、虎吉は何をか察して、

「もしかして、米切手の値が上がると、その女将とやらに言われて買ったのか」

「ああ、そうだ……必ず儲かるとな……ところが豊作だったから値下がりが止まらず、このままじゃ半値近くになる。百両も借りて買ったのに、ああ……」

「誰から借りたのだ」

「女将の知り合いの金貸しだ。旗本なら担保もなく信用貸しだって」

「そりゃグルだな。もっとも旗本は拝領米を質草に借りてる者は多いが……選りに選って、米切手かよ。奥右筆をやってたんだから、禁じられてるって知ってるだろうが」

「ああ……駄目だ。俺なんか、もうこの世にいない方がいいんだ……」

　突然、平八郎は悲痛な声で泣き出した。

「考えてみれば、俺の人生は、おまえたちの虐めから始まって、役人暮らしもほとんどは上役からの脅し、下からの突き上げ……家に帰れば、嫁の怒鳴り声。子供たちからも馬鹿にされ、毎日毎日、針の筵《むしろ》の暮らしだった」

「いい暮らしじゃないか。仕事があって、愛すべき女房子供がいる」

「なのに、誰ひとり褒めてもくれず、俸禄も上がらず、挙げ句の果てに病になって、後は死ぬのを待つばかり……」

「えっ……そんなに酷いのか」

「いや。そこまでは分からぬが……錦先生があの可愛らしい顔で、『大丈夫ですよ。しっかりと治していきましょうね』って微笑むと、本当は駄目なんだろうなあって」

「どうして、そんなふうに思うのだ」

「だって……錦先生に微笑まれて、ころっと倒れた奴は、俺はいくらでも知っている」

「意味が違うと思うがな……」

「とにかく、酒が飲めなくなったのは尋常じゃない……もう残りの人生、何の楽しみもないということだ」

「どうせ、おまえは大して飲まなかったじゃないか。それより、米切手の話だ」

「——どうしよう……借金だけが残ったとなりゃ、女房子供に何を言われるか……」

すっかり落ち込んだ平八郎に、虎吉は呆れ顔で、

「馬鹿だな。米切手はそのまま持ってりゃいい話じゃないか。また値上がりしたときに売れればいいだけのことだ」

「でも、百両を返す期限が迫っている。女将の話じゃ、百両と利子を返しても二十両ほどは残るはずだったんだけどなあ……トホホ」

「だったら、取り返そうじゃないか、毛利平八郎様よ」

　虎吉が意気揚々と背中を叩いて、

「おまえが被害者なら話は早い。どういうカラクリで米切手を買った者が大損しているか、公の場で明らかにしようではないか」

「えっ。そんな恥晒しなことは……」

「何を言うのだ。これは〝騙《かた》り〟のひとつかもしれぬ。たしかに平八郎は騙されやすい気質だが、旗本が札差に騙されたとあっちゃ、それこそ名門の名折れではないか」

「名門てほどでは……あれ？　もう何処の札差が悪さをしているのか、知ってるのか」

「俊之助がもう当たりをつけて、直談判に行っている。おまえ以外にも大勢、損をするとかっている米切手を摑まされた者がいるのだから、義憤に駆られないか」

「いや、別に……俺は自分のことで精一杯だから……」

「俊之助は潔癖症だからな。何事も白黒つけないと気が済まぬらしい。俺たち三人で、若い頃のように、悪党をビシッと成敗してやろうじゃないか、なあ」

虎吉がまた肩を叩くと、平八郎は痛々しく顔を顰《しか》めて、

「成敗って……いつも俺は小間使いにされてただけだし……もういいよ、そんなのは」

「かつては奥右筆首座まで務めた毛利平八郎が、不正を許すわけがない。俊之助も大いに期待してるってよ」

「勘弁してくれ……」

両肩を落として項垂れる平八郎に、利吉が出来たての鰈《かれい》の煮付けを出しながら、

「毛利様。まだまだ老け込む年ではありやせんよ。一花も二花も咲かせるというのは、武士だからこそできること。あっしら町人は、黙って目の前のことをするしかねえ。どうか、世のため人のために、毛利様のお力を発揮して下せえやし」

と煽るように言った。利吉が平八郎の背中を押すのも、昔からのことだった。

「世のため人のため」という言葉を出されては、旗本として逃げ出すことはできなかったのだ。だが、平八郎は、

「――はあ……」

と何も答えず、溜息を洩らすだけだった。


その頃、札差『駒金屋』の店では、藤堂俊之助が、主人の金右衛門と向き合って、米切手のことで問い詰めていた。

金右衛門は五十絡みの落ち着いた雰囲気の商人だが、決して愛想笑いをするような人柄ではなかった。札差というのは商いというよりも、役人のような面がある。公儀の米を預かっているからである。

「藤堂様……たしかに、うちでは米切手を出しており、札差同士と米問屋では、決済に使っておりますが、売買まではしておりませぬ。禁じられていることですから」

金右衛門は丁重に、米切手を不法な扱い方はしていないと断言した。

「だがな。札差が出した米切手が市中に出廻っているのは確かなのだ。札差肝煎と

して、忸怩《じくじ》たる思いはないのか」

「なくはありませんが……藤堂様は吟味方与力でございましたし、私どもで扶持米を預からせて頂いておりますから、決して人から後ろ指をさされるようなことはしておりません。どうか信じて下さいませ」

「おまえが悪いことをしているとは、露ほども思ってはおらぬ。だが、事実、米切手で損をして泣き寝入りしている者もおる」

「泣き寝入り……」

「ああ。値下がりして困っているとな」

「ですが、藤堂様、それは……」

苦笑したように顔を背けて、ひとつ咳払いをしてから、金右衛門は俊之助を見た。咳払いは番頭への合図だったようで、さりげなく奥に立ち去った。まだ若そうな番頭で、俊之助とは面識がなかった。

「札差が出している米切手を、他の商人たちが決済に使っていたとしても、どこでどう出廻ったかは存じませんし、私どもにはどうしようもありません。いずれにせよ、最後は私ども札差のところに戻ってきますので、商人同士が納得していれば、仕方がないことかと……」

「仕方がないこと……」

「はい。米相場はご存知のとおり、大坂の堂島米会所で行われておりますので、私どもの手ではどうしようもありません……仮に決済のときに十両で取り引きしたのに、換金の際に八両にしかならなかったとしても、それは商人の目利きが悪かっただけでしょう」

「そうかもしれぬが……」

「江戸と上方の金銀の為替相場なども、そうではありませぬか。換金する時によって、得することもあれば、損をすることもある。金は生き物ですから」

「生き物な……たしかに、そうだな。ただし、札差だけは決して、損はしない。石高や俵数を記した米切手だけで決済しているのだからな。相場なりの取り引きというわけだ」

「いいえ。損も多ございますよ。私どもも、米切手を担保に金を借りて、商売をしておりますから、返すときの米相場の違いによって変わるのは当たり前のことです」

金右衛門はそこまで話してから、一体何を訊きたいのかと、問い返した。俊之助は相手を凝視しながら頷いて、

「偽の米切手も出廻っておるようだが、承知しておるな」

「はて、それは分かりません」

「分からない、となー」

「はい……私たち札差や米問屋は、真正のものを使っておりますから、何も問題はございません。もし、市中に出廻っているのが偽物なのだとしたら、町奉行所でお調べ下さいまし。私どももお手伝い致します」

「さようか。ならば、札差が発行している米切手の数量と、実際に蔵にある米の数量を差し出してくれぬか」

「えっ……？」

「札差が扱っている切米役料は、一石一両として、およそ五十万両分ほどだが、米切手は百万両分以上も出廻っているそうだ。しかも、偽物ではなく、本物だ。つまり、札差が蔵米の倍もの米切手を発行している」

「そのような証があるのですか」

「だからこそ、帳簿を出せと申しておる。よいな」

「しかし、それならば、勘定奉行支配の書替奉行のお役目かと……」

「不正があるから調べておる。おまえはたった今、町奉行所で調べろ。手助けすると言うたのではないか」

「……」

「むろん、勘定奉行にも筋を通す」

「でも、藤堂様はもう……」

「隠居したかどうかは関わりない。直ちに、勘定所役人や札差組合の者らとも相談して、出して貰おう。おまえと俺の仲ではないか、金右衛門。よしなにな」

と命じてから店を出ようとしたとき、奥から番頭が帰ってきた。

「藤堂様。これを手土産に、どうぞ」

差し出したのは、桐箱に入った封印小判であった。百両分、四個ある。

「何か勘違いをしておらぬか。俺はもう与力ではないし、役目柄、袖の下を貰ったことなどないがな」

俊之助が拒むと、番頭は頭を下げ、

「いえ、隠居費のようなものです。職にあるときならば問題でしょうが、今なら……」

「おまえの名はなんという」

「これは、失礼致しました。銀兵衛《ぎんべえ》と申します。以後、お見知りおきのほど」

「金右衛門に銀兵衛とな……これは儲かるはずだな。ハハハ」

大笑いした俊之助は、金右衛門を今一度、睨みつけるように振り向いて、

「かようなことばかりしておると、代々続いた看板に傷がつくぞ」

と店から出ていった。

銀兵衛は見送りに出たが、金右衛門はしばらく座ったまま、歯噛みするように顎を動かしてばかりいた。

五

三日に一度の達者伺いのために、錦は北町奉行の年番方詰所の奥にある診療部屋で、与力と同心を順番に診ていた。

　年番方与力の井上多聞がいつものように、部屋の境目に立って、錦の診察を邪魔するかのように話しかけている。定年間際の役人が揃っているのが年番方ゆえ、話もだらだらと長い。錦は聞き流しているが、他の与力や同心は迷惑そうな顔だった。

しかし、奉行所内の人事も握っている井上だから、悪し様に文句を言えないのだ。

「定町廻りの佐々木から耳にしたが、あのご隠居たちが、何やら余計なことをしているようだな」

　井上がさりげなく声をかけたが、錦は素知らぬ顔をしていた。

「あのご隠居たち……？」

と振り返ったのは、丁度待っていた市中取締諸色調掛《しちゆうとりしまりしよしよくしらべがか》りの内田光司郎《うちだこうしろう》である。

「それは、何方のことをおっしゃっているのでしょう」

「決まっておろうが、藤堂様に、寺社方の武田様、そして元奥右筆の毛利様だ」

「ああ……私には雲の上の人たちですから、関わりありません」

「そうかのう。御三人は、米切手について調べているらしい。しかも偽物のな。いや、偽物なら分かりやすいのだが、本物だけど偽物。偽物だけど本物……らしくてな」

「おっしゃっている意味がよく分かりませんが」

「市中取締諸色調掛りの内田殿が、不正に出廻っている米切手について関心がないとは、驚き桃の木。まだ大きく取り上げられておらぬが、いずれ米の値崩れがおき、〝空米切手〟ばかりになるやもしれぬな。もっとも私はもう金に換えておるから、大損はせずに済みそうだがな。アッハッハ」

何が可笑しいのか大声を上げて、内田に対して、

「御三人に先を越されぬように、色々と調べた方がよさそうだぞ。何方かお偉い方が、米の値を操ったり、町人たちの不安を煽ったりして、濡れ手で粟で儲けている……という噂もある」

「井上様。それが事実なら、私の耳にも入ってきているはず。杞憂《きゆう》でございましょう。米問屋組合には私も顔を出しておりますが、さような話はまったくありませぬ」

「俺の名前は、多聞……色々な声が沢山聞こえるのだ。〝鰺の会〟の方々に手柄を持っていかれると、おまえも先々、惨めな思いをせねばならぬぞ」

「隠居になるのはまだまだですから、それこそ憂慮でございましょう。ねえ、錦先

生。いくら藤堂様でも、もう古稀になったのですから、余計なことはなさるまい」

と内田が錦に振ると、丁度、順番になって、いつもの望聞問切《ぼうぶんもんせつ》を受けた。望聞問切とは、四つの診療方法のことであり、望診とは主に顔色や舌の症状、聞診は声や咳、口臭や腹鳴などの所見である。問診は自覚症状があれば調べ、切診とは脈拍を取ったり、直に患部に触れたりすることだが、特に異常はなかった。

「でもね、錦先生……俺は最近、どうも腹の具合が悪くて、出先で厠を借りることもしばしばでね……特に行きたくない大店では」

「たしかに舌苔《ぜったい》が気になりますね。色が褐色気味で、気虚が心配……後で経絡とツボを刺激しておきますね」

〝気〟が不足しているため、疲れや倦怠感が滞り、体が冷えやすいので、胃腸も弱くなりやすく、免疫も下がる。今でいう気功を施すことで、体中の血流、水流、気流を良くするのである。

「世の中もお金の流れが悪くなると、不景気になって、色々な所に不都合が生じますからね。内田さんは、いわば世の中の金の巡りを見廻っているお役目なのですから、悪いところがあれば、キチンと治して下さい」

錦の言葉を聞いて、井上が話していたことと関わりがあると察したのか、

「先生も何か知っているのですか。その米切手のことを……」

「札差肝煎の『駒金屋』のことをお調べになったらよろしいかと。私もあの御三人のことはちょっと心配なんです。年寄りの冷や水ならぬ火遊びが過ぎないかと」

錦は内田の様子を診ながらさりげなく言い、事件解決の手助けになるように仕向けるのだった。

その日のうちに、内田は札差『駒金屋』を訪ねて、金右衛門に面談した。

市中取締諸色調掛りの主な役目は、物価が不当に上がっていないかを調べ、値を抑えることだ。問屋によって、南北町奉行所は分担していたが、例えば青物や魚、太物などは南町で、米や材木は北町だった。

もし、特段の理由もなく売り物を値上げしたら、大店の主人は町奉行所に呼び出され、厳しく指導される。場合によっては多額の〝罰金〟を払わされたり、牢に入れられたりすることもあった。悪質な者は闕所の上、江戸払いにもなる。商いは自由ではあるが、問屋仲間はお上から鑑札を受けてのことだから、それほど厳しかっ

たのだ。

だが、札差は金貸しを認められてはいるものの、旗本と御家人の扶持米を預かっている者であるから商人とは言い難く、米価に関しては市中取締諸色調掛りが扱う対象ではなかった。

もっとも、米価は他のあらゆる物価の指数になるため、内田らは不正に歪められないように綿密に調べて、見廻っていた。

金右衛門は、米切手に関して、自分が疑われていると百も承知の上で、内田には、

「精一杯、調べに協力しとうございます。米切手を不正に扱われては、私どもも迷惑ですのでね。よろしくお願い致します」

と丁寧に対応して、まずは百両を差し出した。俊之助が持って帰らなかったものだ。

内田は一瞬、たじろいだ。〝ご苦労賃〟は何処の大店からも出る慣わしがあったが、あまりにも高額過ぎる。これは、店の内情を見逃がして欲しいという意図を感じた。

「丁度良いときに来て下さいました。実は、元吟味方与力の……」

話をしかけた金右衛門に、内田も困ったような顔つきで、

「承知しておる。来る前に色々と調べ、藤堂様にも粗方、聞いてきた。帳簿のことも素直に応じれば、事は荒立てられまいに」

「はい。ですので、内田様にお渡ししようと思いまして」

金右衛門が声をかけるまでもなく、銀兵衛が帳場から、分厚い帳簿を持ってきた。天領から江戸に届いた年貢米の実数と、旗本や御家人に支払われた現物や金の収支、手数料などが記されているものである。それに、貸し金業務によって得た利益や貸し付け状況、そして発行した米切手の量や決済に使われた帳簿なども纏められているという。

「私ども札差、百九人すべての帳簿を、肝煎として保管しているものです。本来、勘定所にお届けするものですが、どうぞ内田様から町奉行の遠山様にお届けし、不正があるかどうか、見定めて下さいまし」

堂々とした態度で金右衛門に言われると、内田の方が尻込みした。江戸の蔵米のすべてに関わる帳簿を、市中取締諸色調掛りとはいえ、預かってよいものかどうか迷ったのだ。

その顔色を見て、金右衛門は値踏みするような言い草で、

「内田様次第でございます。これは些少ですが、どうぞ遠慮なさらずに」

と手渡した帳簿の上に、百両の入った桐箱を載せた。ずっしりと重みがあるので、内田は落としそうになったが、金右衛門はそれを支えて置き直した。

「いや、これは……」

「私たち札差は、旗本と御家人の皆様の代わりに蔵米を受け取り、食べる分を差し引いて、当時の米相場でお金にします」

それを、屋敷まで運び届けるのが本業である。手数料は、百俵につき金三分。莫大な収入となった。幕府の歳入と歳出は百五十万石余りあり、その三割ほどが切米役料であるから、札差が得る富は大きかった。

本業に加えて、金融業の方でも、さらに大きな利益を得ていた。年利の一割八分は、市中の〝烏金《からすがね》〟や〝百一文〟〝座頭金〟〝質屋〟などの金貸しに比べれば遥かに低い利率だが、公儀の信用があるから繁盛していた。おまけに、〝奥印金《おくいんきん》〟という、借金の保証人となって受け取る周旋料がバカにならなかった。

それゆえ、金右衛門にとっては百両など小銭扱いだったのであろう。

「ささ、遠慮なさらずに、内田様……」

「え、ああ……」

わずか三十俵二人扶持に過ぎぬ同心から見れば、数年分の大金である。贅沢をしたい気持ちなど更々ないが、妻子に楽な暮らしをさせることはできる。内田は黙ったまま、帳簿と一緒に桐箱を抱えるようにして、店から出ようとした。

その前に、表通りから入ってきた俊之助が立った。隣には、平八郎も一緒である。

「内田。それを受け取れば、おまえはお役御免どころか、切腹だな」

「えっ……藤堂様、そんな……」

俊之助が腹を切る真似をして言った。

「おまえだと不安なので来てみたら、案の定……しかも、その桐箱は払い下げか。俺にも押しつけようとしたものだ」

嫌味な言い草の俊之助を、金右衛門は睨むように見たが、平八郎には微笑みかけ、

「これは毛利様。お久しぶりでございます。藤堂様が何やら私を良く思っていないようなので、どうかお取りはからい下さいまし」

「う、うむ……」

曖昧な返事をした平八郎は、情けない顔で、

「おまえから勧められた米切手が近頃、値崩れしておってな……前の値で換えてくれぬか。借金までして買ったのに、もし家人にバレたら、それこそ追い出される」

と訴えた。

「そんな大袈裟な……大丈夫ですよ。持ち続けておれば、またいずれ上がります」

「まことか？　そうは言うがな……米切手の交換は本来は十日以内と定められておる。もっとも、そんな決まり事など何処吹く風で、誰もがみな相場を気にしながら、売買に勤しんでいるがな」

「気に病むことはありませんよ。みんなで儲けましょう」

「いや、俺は気ではなく、肝の臓が悪くてな。すぐにでも薬代が欲しいのだ」

「おや、そうでしたか」

相手を役人とも思っていないのか、金右衛門は俊之助の前でも悪びれる様子もなく、平八郎に善処策を示そうとした。だが、俊之助は平八郎に持っていた米切手を出させ、金右衛門の顔に叩きつけた。

「な……何をなさいますッ」

「だったら、おまえが持っておけ。で、利子はいいから、百両を平八郎に返してやれ」

「そんな無茶な……」

「無茶はそっちだ。水茶屋『富士川』女将のお多喜は、おまえが囲っている女だそうだが……ああ、調べたぞ。吟味方には何人もの密偵がいて、証拠を揃えるのが仕事だ。俺の顔もまだ利くってことだ」

「……」

「お多喜は店の客にも、下がると分かっている米切手を勧めていたそうではないか。その差額を、女将の小遣いとして渡していた」

土間に落ちている米切手を指しながら、俊之助は言った。

「米切手は預かり証に過ぎぬ。預けた時の米相場で払い戻すのが筋というものだ」

「いえ、それは違います。藤堂様は百も承知で、そのようなことを言っておられますね。米切手というものは……」

「おまえの考えなど、どうでもよい。蔵に置いてある米の量を遥かに超えて、米切手を出す権限が、おまえにあるというのか」

「――何を証拠に、そのようなことを……」

金右衛門も不服そうな顔になって、

「今、内田様にお渡しした帳簿をしっかりと見て貰えば、納得して下さると思います」

「むろん、そうする」

内田が持っている帳簿と桐箱を、平八郎に手渡させてから、

「桐箱の百両はたしかに返して貰った。帳簿は町奉行所にて改め、勘定奉行とともに検討の上、評定所にて判断する」

と俊之助は言った。

「評定所……どうして、これが……」

「おまえたち札差だけではなく、何人かの武家も関わっている節があるからだ。調べた上で、武田虎吉という元評定所役人が来るから、楽しみにしておけ」

俊之助が平八郎の背中を押しやると、帳簿と桐箱を抱えて店から出ていった。

「余計なことはせぬ方がよいぞ。おまえはもう、お上に目を付けられておる。今のうちに、蔵にある米に合わせて、米切手を回収しておくのだな。それが、おまえの

ったた。

ためだ」

恫喝《どうかつ》するように言って、俊之助も店から出ていくと、内田もあたふたとついていった。

一度ならず二度までも店に押しかけてきた俊之助の行いを、金右衛門は訝しみ、

——何かある……罠でも仕掛ける気だな。

と勘繰った。

俊之助は吟味方与力であるときも、罪人が襤褸《ぼろ》を出すように仕向けるのが得意だったと聞いたことがある。金右衛門は余計なことはするまいと心に決めた。帳簿を克明に調べたところで何も問題はないという自信があったからだ。

六

日本橋にある、江戸で一番と言われる米問屋『出羽屋』に訪ねてきた武田虎吉は、店に入るなり、主人を呼びつけて、

「蔵の中の米を見せろ」

と物凄い剣幕で怒鳴りつけた。その場にいた取引先の商人たちの中には、吃驚して逃げ出す者もいた。

「何事でございますか……御老体は一体、何方でございますか」

主人の智右衛門《ちえもん》は、番頭や手代たちに声をかけて、制するように命じたが、虎吉は大きな体で暴れながら、

「御老体とは何だ。貴様、町人の分際で、俺をバカにするのかッ」

「とんでもありません……ですが、蔵の中の米を見せろとは、どういうことでしょう」

「これだッ」

虎吉は手にしていた米切手を床に叩き置いて、

「一万石分の米切手だ。つまり二万五千俵、出して貰おうか」

と迫った。

「いきなり言われましても、お武家様……すぐに調達するのは無理でございます。しかも、一万石などと……」

「江戸で一番の米問屋と聞いたから来たのだがな。一万石が無理なら、あるだけ出

せ」

「困りましたな……」

「米切手というのは、いつでも持参した者に対して米を即刻渡すべきというのが決まり。それを江戸一の米問屋ができぬというのか」

「お武家様。それならば、札差に申し出るのが筋でございます。私どもは、いわば米の仲買人に過ぎませぬので」

「おかしな話よ。では、何のための米切手なのだ。米切手はあちこちで転売されているようだが、本当に米が必要な者には届かぬということなのか」

虎吉は言いがかりをつけるように座り込むと、智右衛門は困り顔になって、

「それならば、お名前をお聞かせ下さい。後で何とかして、お届けに参りますので」

「二万五千俵を、か」

「はい……あなた様に置いておく所があれば、の話ですが」

「武士に二言はないが、商人には何枚も舌があるという。嘘偽りはないな。この米切手が値上がりするからと言われて、買い集めたものだが、大幅に値崩れした。だ

から、米を現物にしておきたいのだ」

「さようですか。それも無謀だとは思いますが、お客様がそうしたければ、ええ、引き受けましょう」

「お客様、な……俺の名は、武田虎吉。元寺社奉行吟味物調役支配取次役……簡単に言えば、評定所出向の役人だ」

「ひょ、評定所……」

今で言えば、最高裁判所のようなもので、幕閣や大名をも裁く評定所という語感には、庶民には恐ろしいものがあった。たしかに、威風堂々とした雰囲気はまだ醸し出しているが、古稀の老人ゆえ、智右衛門はどう答えてよいか分からなかった。

「昔の話だ。おまえを町奉行所や評定所に引っ張り出して何かを訊く権限もない。ただ米が欲しいだけだ」

「は、はい。では、預からせて頂いて、米切手を出した札差に……」

と言いかけて、よくよく米切手を見て、『駒金屋』が出したものだと気づいたのか、アッと目が点になった。

「如何した」

わざと虎吉が訝しげに顔を近づけた。

「あ、いえ……二万五千俵も置く場所があるのでございますか。いくら評定所のお役人でも御家人でございましょう。失礼ですが、お屋敷に置けるとは……」

「誰がうちに保管すると言った。運び込むのは、浅草の幕府御用蔵だ」

「ええっ。どういう意味でございますか。札差は御用蔵の米を扱っておりますが、それを運び出して、また戻すということですか」

「そういうことだ。手間を省くために、それだけの米があるなら、動かさずに済む……ということだがな」

智右衛門は虎吉をまじまじと見つめ、

「武田様は一体、何を考えておられるのですか。そもそも、この米切手はどうやって手に入れたのですか。とても、武田様おひとりが手に出来る量ではありませぬが」

と怪訝そうに訊いた。

「さよう。御家人たちが不正に摑まされた米切手を、俺が集めて米に換えておるのだ」

「どうしてでございます」

「公儀の偉い御仁からの命令だ。旗本や御家人は、自分の俸禄米以上の米切手を持つことは禁じられておる。空米や過米などを書き加えて売買することを認め、加担することになるからだ」

「……」

「おまえには釈迦に説法だろうが、米が手配できなかった場合には、米切手を買い戻さねばならぬ。だが、それをやれば米の値が下がる。そうせぬために、旗本や御家人らが持っている米切手は、すべて現物に戻す。それだけのことだ」

「しかし、それでは……」

「米切手と現物はピッタリ合っているはずだ。資金調達をするために、過剰に米切手を発行するのは禁じ手であろう。おまえはそれを承知の上で、『駒金屋』が出した米切手を決済だけではなく、売買していた」

「……」

「本当に米が必要な者に届かぬことになっても構わぬと、米問屋のくせに『駒金屋』に手を貸していたのであろう。違うか」

虎吉に責め立てられて、智右衛門は狼狽した。幕府の偉い御仁の命令で動いているとの文言が効いたのだ。

「承知しました……何とか致します」

智右衛門が頷いたとき、暖簾を割って入ってきた侍がいた。羽織袴姿で、如何にも真面目そうな風貌である。

「これは、高瀬様……よいところに、おいで下さいました」

地獄に仏を見たような顔になって、智右衛門は帳場の方に招いた。高瀬岩十郎であることは、虎吉は承知している。俊之助や錦のように、直には会ってはいないが、ここで虎吉が厄介事を起こしたのも、高瀬を誘き出すためだった。

「拙者、小普請組組頭の高瀬という者だ。そこもとはご隠居の身のようだが、何故、かような無謀なことをしておるのだ」

「小普請組……」

承知しているが虎吉は訊き返して、

「それこそ、小普請組組頭が米問屋にどのような用事があるのですかな。材木問屋なら分からぬではありませぬが」

「こちらは名を名乗ったのだ。そこもとの出方しだいでは、元上役に訴えねばならぬ」

「失礼をば致しました。俺は……ええと、誰だったっけ……咲いた桜が散るのは必定。ゆえに愛でて歌え踊れ武田の……ああ、そうだ。俺は武田……捕らぬ狸の……あ、虎吉だ。武田虎吉。住まいは、ええと……」

「からかっておるのか」

「近頃、物忘れが多くなってな。俳諧老人ならぬ徘徊老人だ。ついでに寺巡りでもしてくるかのう、わはは……あ、そうだ。元寺社奉行吟味物調役支配取次役だったのだ」

疑いの目ではあるが、高瀬は評定所関係が本当なら、さすがに気まずいと思ったのか、白けた顔になって、

「元評定所の者が、何を調べておるのかな」

「あなたに話さなければならぬ謂われはありませぬ。逆に訊きたいですな。何故、私をずっと尾けていたのですか」

「えっ……」

知っていたのかという曇った表情になった高瀬に、虎吉は重ねて尋ねた。

「札差『駒金屋』に出入りしているお旗本が、この『出羽屋』ともお付き合いがあるとは、やはり……あなたも米切手に関わっているということですかな」

「なんだとッ……」

俄に、高瀬は、全身が硬直したように立ち尽くした。

「もしかしたら、娘の佳乃さんは、御貴殿の不正を知って、やめさせたかったのではないでしょうかね」

「!?——な、なんのことだ」

「俊之助……いや藤堂をなめたらいけませんよ。碁じゃないけれど、白黒つけないと気が済まない奴だから。俺たち幼馴染みにも容赦ないガチガチの堅物だから」

「——おぬし、藤堂殿と知り合いか……あっ。もしかして……！」

何かを思い出したようで、高瀬は気まずそうに顔を背けた。

「では、智右衛門。米の手配、よろしく頼んだぞ」

勝ち誇ったように命じて、虎吉は店から出て行こうとしたが、敷居に足を引っかけて、前のめりに倒れてしまった。無様に着物の裾を踏んで、また転び、すぐに立ちあがることもできない。

「アチャ……痛い痛い……膝を打ったぞ。皿が割れたかもしれぬぞ……ああ、痛い」

と情けない声を洩らしていると、通りかかった人たちが、「大丈夫かい、ご隠居」と声をかけながら助けに来た。

暖簾の向こうにその姿は見えているが、高瀬も智右衛門も知らぬ顔をしていた。

「――智右衛門……今の武田虎吉と、元吟味方与力の藤堂俊之助、そして奥右筆仕置掛りだった毛利平八郎の三人は、かつて〝三馬鹿大将〟と恐れられたほどなのだ」

真面目に言う高瀬に、不思議そうに智右衛門は訊き返した。

「三馬鹿大将？　なんですか、それは」

「知らぬか……『鹿を指して馬となす』という故事を……」

「いえ、知りませんが」

「秦の始皇帝の亡き後、宦官《かんがん》の趙高《ちょうこう》は、高官である丞相《じょうしょう》・李斯《りし》と謀って、始皇帝の長男を殺し、次男の胡亥《こがい》を新たな皇帝とした」

「趙高は後に、李斯も胡亥も殺して権力をふるったのだが、その前に趙高は自分の権威を試すため……胡亥に鹿を馬だと言って献上した。胡亥は『鹿のことを馬と言うておる』と大笑いしたが、家臣たちは皆、押し黙ってしまった。誰も趙高に逆らえなかったのだ」

「はい……」

「はあ……」

「ほとんどの者は、趙高に気に入られようと『馬だ』と答えたが、正直に『これは鹿です』と言った家臣たちは、皆殺しにされた……この故事から、間違いと知って押し通すことや人を欺いて陥れること、道理が通らなくても強引に押しつけることを『馬鹿』と言うようになったのだ」

「――つまり、その三人は、間違いを承知でも、人を裁くということですか」

「いや、そうではない……馬を馬、鹿を鹿と言い通す方だ。人の気持ちや雰囲気など斟酌《しんしゃく》せず、〝馬鹿正直〟に物事を明らかにするから、〝三馬鹿大将〟と呼ばれ、老中や若年寄らですら恐れたのだ」

「そうでしたか……それは恐いですね。正直な奴ほど信じられませんから……」

「であろう？」

ニンマリと笑った高瀬は、軽く智右衛門の肩を叩いて、

「案ずるな。こっちにも考えがある。棺桶に片足をつっこんでいる耄碌《もうろく》爺イらには、鹿を馬と言わせてやる。むふふ」

と人格が変わったかのように、ぎらついた目でほくそ笑んだ。

七

俊之助と虎吉、平八郎の三人が『実梨栗』に集まって、何やら相談していた。まだ暖簾を出す前の真っ昼間であるが、酒を飲みながらの鳩首会談である。

利吉と美咲は仕込みをしながらも、何やら楽しそうに見守っていた。

「──いいか……ここで俺が乗り込む。そしたら、相手はこう出てくるだろうから、虎吉、おまえが駆けつけてきて俺を援護する……だが金右衛門もしたたかな奴だから、次の手立てがあって、おそらくこう返してくる」

懸命に俊之助が説明をしているが、虎吉は苛々と、

「おまえの、ああだこうだは分からねえよ。何をどうするのだ」

「案ずるに及ばぬ。俺たちの息の合ったところを見せれば、必ず上手くいく。そしたら、次は平八郎の出番だ。おい聞いているか」

俊之助に振られたが、平八郎は佃煮をあてに茶を飲みながら、

「俺はもう百両を取り戻せたからいいよ。体もしんどいし……家で寝ていたいよ」

「情けないことを言うな。死ぬ前に一花咲かして、馬鹿にしている息子たちをギャフンと言わせてやれ。どうせ明日はない命だ」

「えっ……やっぱり俺は……」

絶望的な顔つきになったとき、俊之助と虎吉は同情に満ちた表情になった。

「おまえたち、本当は何か知ってるんだな。俺にはもう先がないってことを……だから、こうして事件に巻き込んで、励まそうとしているのだな……でも、それが余計だというのだ。もう放っておいてくれ。人生の最期くらい、俺を虐めないでくれ」

たまらず平八郎は立ちあがって、店から出て行こうとすると、やはり足がもつれて倒れそうになった。それを美咲が支えて、

「思い過ごしですよ、毛利様。ご心配なさらず。だって、毛利様がいらっしゃらないとき、このおふたりは揃って、『平八郎はいい奴だ』と毛利様のことを褒めてばかりです。武士の鑑だって、自慢の幼馴染みだって」

「あり得ない」

キッパリと平八郎は言った。

「美咲ちゃんに良い人だと思われたいために、そう話してるのだろうよ」

「本当におまえは疑り深いな。いつも空が落ちてこないか心配してるし、それじゃ肝の臓もやられちまうぞ」

俊之助が言ったとき、錦がぶらりと入ってきた。

「あ、先生。呼び立ててしてすまんな」

すぐに酒を勧める俊之助だが、錦はまだ診察があると断って、

「今度は何を企んでいるのですか」

「人聞きの悪いことを……先生にちょっと頼みがあるのだが、その前に平八郎の病のことを正直に話してやってくれないか。でないと、こいつ気に病んで、今にも死にそうなのだ」

心配そうに言う俊之助と虎吉、そして平八郎の顔を、錦はまじまじと見た。短い溜息をついてから、真剣なまなざしで言った。

「むしろ危ないのは藤堂様です」

「えっ……」

驚いたのは虎吉と平八郎の方だった。俊之助は素知らぬ顔をしている。

「平八郎さんの肝の臓は色々あって少し弱っているのは確かですが、薬と暮らしぶり、気の持ちようで改善します。しかし、藤堂様は体全体が……」

「余計なことはいいよ、先生」

「ご自身でもお気づきでしょうし、奥様が朗らかに対応しているのも、そのためでしょう。私が番所医になる数年前に、藤堂様は大病をなさってたのですね。水の巡り、血の巡り、気の巡りが悪くなり、治癒力も衰えていたそうですね」

「……」

「藤堂様も気に病んでいると思いますが、治らない病ではありません。もう一花咲かすのは結構ですが、自分の自棄のために、お仲間を巻き込むのは如何なものでしょう」

錦は今後も丹念に治癒させるように、きちんと診ると約束をして、

「そして、武田様は少し惚けかかってますから、よく見守ってあげて下さい」

「俺は惚けてはおらぬ」

虎吉は毅然と言い放ったが、

「しかし、物忘れは多くなった……これは、なんだったかな」

と食べている惣菜を箸で摘んで首を傾げた。

「みんな年を取れば、何処か悪くなるのは当たり前です。なので、老いを認めて、決して無理をなさらないように」

案ずるように錦が言うと、

「――先生は若いから、そんなことが言えるのだ」

珍しく、俊之助が感情を露わにした態度になった。

「年寄りは黙って死を迎えろというのか。世の中の不正に立ち向かうのは、年寄りの冷や水だとでも言いたいのか」

少しムキになる俊之助に、錦は微笑みかけて、

「いいですねえ……そうやって本音を言って、心を晒け出して下さい。藤堂様はお

役目柄もあるのでしょうが、寺子屋や学問所からの幼馴染みに対しても、どこか身構えてませんでしたか。おまえたちといれば心安らぐ、などと言いながら、本当は気丈に振る舞っていたのではありませんか」

「……」

「私の父もそうでしたから分かります」

錦は他のふたりも優しい微笑み顔で見廻しながら、

「人は、ふたつの見えない檻の中におります。ひとつは、生まれ持った体という檻、もうひとつは世間という檻です」

利吉と美咲も黙って聞いている。

「親から貰った体は、良くも悪くも、一生付き合わなければいけません。世間には、習慣や御定法があって、無茶はできません。その見えない檻の中で、人々は暮らしている……世間という檻を破って逃げることはできても、自分の体と心は離れることができませんから、我慢するしかないのです」

「……」

「藤堂様は、そのいずれにも我慢をし過ぎたのだと思います。だから、無茶はしないで下さい。後は、若い与力や同心にお任せしたら如何でしょうか」

まるで説教するように錦が言うと、俊之助は妙に感心したように、

「ふたつの見えない檻、な……若いのに良いことを言う」

「父の受け売りです」

「そうか……役人をやめて、養生所医師になった八田徳之助のな……」

俊之助が納得したように頷いたとき、

「大変《てぇへん》だ、大変だ。このままじゃ、紙切れになっちまうぞ！　早いとこ、金か米に換えた方がいいぞ！　大変だ、大変だ！」

と大声を上げながら、店の表を駆け抜ける読売屋がいた。

利吉がとっさに通りに出ると、〝読売〟をばらまくように投げながら、「ただ、持ってけ泥棒！」と言って走り去っていった。その一枚を拾い上げると、

──札差『駒金屋』に急げ。

とある。続いて、借金までして買わされた米切手の暴落している実体が、例を挙げて克明に書かれている。そして、庶民までが騙されている悪行を、読売屋は黙って見ているわけにはいかないと宣言までしているのだ。

錦は、利吉から読売を見せて貰うと、

「もしかして、藤堂様が手を廻してこれを……」

「さあな。読売屋には読売屋の不正を糺《ただ》したい思いがあるのであろう」

藤堂は微笑み返すだけであった。


案の定――『駒金屋』には、大勢の人々が押し寄せていた。何軒もの読売屋が、江戸市中に危機感を煽ったからである。事実無根ではなく、市中取締諸色調掛りの内田が米問屋を丹念に廻って、裏を取っていた。

それでも金右衛門は慌てることもなく、

「皆様、よく聞いて下さい。このような出鱈目に惑わされることなきよう、お願い申し上げます。札差『駒金屋』はまっとうな商いをしております。逃げも隠れも致しません」

と大勢の前で堂々と答えた。

だが、押し寄せた人々は持ってきた米切手を直ちに金に換えろとか、米にして寄越せとか、切羽詰まったように訴えている。中には柄の悪いのもいて、まるで打ち壊しのような様相も呈してきた。

「米切手は持っていれば、またいつか値が上がるときもきます。来年は不作かもしれないと、関八州の代官所などから耳に入っております。慌てることはありません」

金右衛門は丁寧に対応していたが、今にも米切手が紙屑になるかもしれないと不安に駆られた人々は、まるで津波のようで止めようがなかった。金右衛門と銀兵衛は、手代たちとも手分けして、どうしても緊急を要する客には適宜、払い戻しや米を運ぶ手配をしていた。

「来年は上がるなどと嘘をつくな。米切手は期限が設けられており、今年中に金か米に換えないと、無効になるぞ」

と誰かが怒鳴った。

本来、十日の期限があるが、交換できないということはない。その際は、町奉行所が対応することになっている。

それでも、平八郎のように借金をしてまで買い集めた者にとっては、値打ちが無くなることが恐い。ましてや決済として使っていた商家にしてみれば、信用が落ちて、年末に金が回収できなくなると思えば、少しでも早く交換しておきたいという思いに駆られていた。

押し寄せた客たちは、我先にと揉め始め、『駒金屋』の店先は大混乱となった。通りにはみ出て乱闘に及ぶ者も出てきた。すると、混乱を抑えるために、佐々木康之助ら定町廻り同心らは元より、門前掛りや高積見廻り掛りらも呼応して、騒乱を鎮めにかかった。

そして、金右衛門は「騒動の原因を作った元凶」として、佐々木に連行され、八丁堀の大番屋に留め置かれた。

金右衛門はふてぶてしい態度で、

「打ち壊し同然の騒ぎを起こしたのは、押しかけてきた人々の方で、自分ではない。納得できない」

と居直っていた。

「うむ。おぬしの不満はもっともである」

対応に出たのは、吟味方与力の長谷川《はせがわ》慎兵衛《しんべえ》であった。吟味方与力には他にも藤堂逸馬らがいるが、逸馬は藤堂の養子ゆえ、此度は外された。長谷川は熟練の吟味

方与力で、金右衛門の言い分を真摯に聞いてから、

「では、此度の米切手の一件については、〝鰺の会〟の責任において、私の立ち合いのもと、元吟味方与力の藤堂俊之助殿が尋問する。他に元奥右筆仕置掛りで首座まで務めた毛利平八郎殿、さらに寺社奉行吟味物調役支配取次役だった武田虎吉殿に、証人として臨席賜った」

金右衛門は奥から出てきた俊之助たちを見て、眉を顰めた。

「――これは、なんの茶番ですかな……隠居したお役人に何の権限が……」

「私の立ち合いのもとと言ったはずだ。さらにもう一方、小普請組組頭の高瀬岩十郎様にもご足労願った」

長谷川に招かれた高瀬は、困惑気味に俯いていたが、その顔を見た金右衛門が、

「なんだ……そういうことか……」

と呟いた。そのとき、

「それは、どういうことでございますか。そういうことか、というのは？」

いきなり横合いから、女の声がかかった。声の主は、錦である。

訝しげに見やる金右衛門に、錦は軽く一礼をして、

「番所医として立ち合っております。嘘を言うかもしれないので、あなたの表情や仕草、声の調子などを見定めるのが役目です」

「……」

「それと、〝三馬鹿大将〟の御老体の調子を見守るためです。興奮し過ぎると、いつ倒れるか分からないものですから」

錦は詮議所が見渡せるところに座って、取り調べの様子を窺っていた。

「では、ええ……ゴホン、ゴホン」

俊之助は拳を口元に当てて咳をした。二、三回のつもりが、十回もしているうちに苦しくなって、さらに激しくなった。

「おい。大丈夫か、俊之助。しっかりしろ」

傍で見ている虎吉が声をかけた。

「久しぶりなので、いささか緊張してしまったのだ。気にするな、ゴホゴホ……」

顔を背けて嫌な顔をしている金右衛門に、俊之助は声をかけた。

「正直に申せ。おまえは、蔵にある米、あるいは自分が扱っている米よりも遥かに多い米切手を出しておったな。その値打ちの上下で稼いだということよりも、現状に見合わぬ米切手を出したことが罪なのだ」

「お言葉ですが、誰でもしていることでございます」

「それは通じぬ。おまえが差し出した帳簿を元に、他の札差を全員ではないが、調べてみた……毛利様、さようでございますな」

俊之助に振られた平八郎も、ゴホンゴホンと数回咳払いをして、

「いや、近頃、痰が切れなくて困っておる。年は取りたくないのう……ええと……そうそう。急遽、勘定奉行支配書替奉行らと相談の上、三十人ばかりの札差に面談し、帳簿を改めた結果……おまえに渡されたものとの食い違いがある」

「どう食い違っているのでしょうか。私は不正には加担しておりません」

「いや、それがな……調べた札差たちは、蔵にある米の五割から十割増しの米切手を出していることが分かったのだ。一様に、あくまでも決済用のものだと正直に話した。それは、金右衛門、おまえの指示だったそうだ」

「……」

「ところが、おまえの店だけは実際は、二倍や三倍もの米切手を出しておきながら、帳簿では、ピッタリと蔵米と一致するのだ」

「ですから、私は法に則って、やっております。非難される謂われはありません。何度同じことを言わせるのですか」

苛ついている金右衛門に、今度は虎吉が声をかけた。

「しかしな、米問屋『出羽屋』だけでも、自分が扱う米の倍の米切手を、おまえから譲られた……と証言しておるぞ」

「えっ。そんな馬鹿な……」

「さよう。鹿を馬と言わされる〝馬鹿者〟が、ここにもひとりいらっしゃる」

扇子の先を高瀬に向けると、思わず金右衛門も見た。その顔は『出羽屋』で意気込んだときの表情とは正反対で、情けない様子に変わっていた。

「高瀬様は、小普請組……つまり無役だから、小人閑居して不善を為すというやつで、おまえに誘われるままに、米切手が上がるから沢山買っておけと、仲間の小普請組の旗本や寄合に買わせていたそうだ」

「知りません」

キッパリと金右衛門が言うと、今度は俊之助が高瀬に尋ねた。

「『駒金屋』はこう言っておりますが、どうなのですか」

「いや……私も何も知らぬ……そもそも私も旗本の端くれ。かような調べ番屋に呼ばれる筋合いはない」

「あくまでも臨席です。別にあなたを咎めるつもりはありませぬ」

「……」

「咎めるとすれば……あなたの娘御、佳乃さんでございましょうな」

「どういうことだ。娘がなんだと言うのだ」

佳乃のことを持ち出されて、高瀬は少なからず動揺した。

「立派な娘さんですよ。あなたが米切手の不正に加担していると知った佳乃さんは、〝関わっていない〟証を自分で確かめたくて、『駒金屋』に忍び込んだのです」

「な、なんと……！」

「米切手を盗むのは失敗しましたがね。実はそれに関わる帳簿の一部を持ち出し、岡っ引に捕まる前に、すぐそこの稲荷神社の社の中に隠していたそうです」

「嘘だ……」

思わず高瀬は言ったが、錦が「本当です」と答えて、薄っぺらな帳簿を差し出して、金右衛門の前に置いた。

「あなたのものですよね」

帳簿を見もせず、金右衛門はそっぽを向いて、

「知りません」

と答えた。その態度を凝視していた錦は、

「嘘をついています、藤堂様。明らかに目が泳いでおり、そもそも帳簿を見ていない。これを知っている証です。それに、先程、高瀬様の顔を見たとき、『そういうことか』と言いましたが、武田様の説明の後、すぐに『知りません』と答えたことと矛盾します」

「――いい加減にして下さい。知らないことは知らないのです」

「それで結構です。ずっと『知らない』と言い続けて下さい。知っていることと知らないことは、瞼やこめかみ、指先や唇の微妙な動きから、どっちが正しいか分かりますから」

それだけ言って、錦は押し黙ったまま、ずっと金右衛門の顔を観察し続けた。俊之助は吟味を続けたが、今度は金右衛門の方が何も語らなくなった。わざと能面のように無表情にしていたのである。

すると、高瀬がポツリと言った。

「私は……自分が儲けたかったからではない。事実、損をしている……小普請方というのは、只飯食らいの役立たずと言われるばかりで、なんとも肩身が狭かった。だから、米切手で稼ぐことができれば、それを本当に食うに困っている人々の援助に使おうではないか……そう提案すると、小普請組の者たちはこぞって賛同してくれた」

錦と俊之助、虎吉、平八郎はじっと高瀬の言い分を聞いていた。

「まさか、金右衛門の口車に乗せられていたとは思わなかった。つまり私たちも鴨にされていたのだ」

高瀬はそう言って深い溜息をついた。それでも、金右衛門は能面のままだった。

「──なるほど。そういうことでしたか……」

納得したように俊之助は立ちあがると、金右衛門の座っている土間に下りようとして、躓いて前のめりに転んでしまった。勢い余って倒れ込み、手を突こうとして、思い切り金右衛門の頬を叩いてしまった。

バシッと物凄い音がした。思わず、虎吉も駆け下りようとしたが、畳の縁に躓いて、同じように転がり落ち、そのまま拳は金右衛門の顔面に命中した。金右衛門は仰向けに倒れて、したたか背中を打った。

「おいおい……」

とっさに、平八郎も腰を上げ、

「ふたりとも、いい年こいてるんだから、無理をしちゃいかんぞ」

と金右衛門を助け起こそうとした。その平八郎までもが、相手の腕を摑んだ途端、金右衛門に体を預けるようにして倒れ込み、さらに襟首を摑んで締め上げた。

「く、苦しい……」

藻搔いて押し退けようとする金右衛門から、平八郎を引き離した俊之助と虎吉は、

「危ないじゃないか。耄碌したのはおまえの方だ。気をつけろ」

と言った。が、次の瞬間、ふたりは金右衛門に足払いをかけて、ズテンともう一度、ぶっ倒して、顔を見合わせて笑った。

「すまん、すまん、金右衛門……痛かったか……庶民の痛みはこんなものじゃないぞ」

俊之助が言うと、金右衛門は頰を歪めながら、

「ふ、ふざけないで下さい……」

「それはこっちの科白《せりふ》だ。後は、長谷川が吟味して、高瀬様は評定所で誠実に話すであろう。残念だが、『駒金屋』の看板もこれまでかもしれぬな」

ポンポンと金右衛門の背中を払ってやると、俊之助は外へ出ていった。追うように虎吉と平八郎も出て行ったが、

「押すなよ」「おまえだろうが、押したのは」「当たっただけではないか」「違うな。わざとやっただろう」「やるのかてめえ」「ああ上等だ。喧嘩なら買わない」「俺も買わない。アハハハ」

などと、ふざけ合いながら今日も『実梨栗』にでも向かうのであろう。

錦は呆れ顔で見送ってから、金右衛門に向き直ると、

「そろそろ、正直にお話ししてくれませんかね。あのご隠居たちが、また戻ってこないうちに。でないと、何をするか分かったものじゃありませんよ。近頃は、見境なく暴れる老人が増えましたから」

と微笑みかけた。

初夏の陽射しの中で、三人の老人たちの馬鹿騒ぎの声が、まだ聞こえている。

第四話　子連れ同心

一

片岡陽三郎《かたおかようざぶろう》が小走りで北町奉行所の表門を潜り、玄関から駆け込んで来たのは、出仕の刻限を一刻《いっとき》も遅れてのことだった。

上役の与力・河本俊吉《かわもとしゅんきち》が眥《まなじり》を決して、「遅いぞ」と声をかけると、片岡は申し訳なさそうに文机の前に座って、すぐに帳面を広げて仕事に取りかかった。

まだ三十前の同心で、武芸者らしい体軀の片岡と比べれば、定年間近の河本は細身で、長年の内勤のせいか、背中も丸まっている。あまりにも威厳がなかった。

「遅いと言うてるであろうが」

河本が嗄れ声で責めると、片岡は頭を下げてから、

「申し訳ございません。ゆうべ、子供が熱を出しましたもので、八田錦先生に診て

貰ったところ、吐き気もあるから、もしかしたら疫痢《えきり》に罹ったかもしれないという
ことで、小石川養生所まで連れていっていたのです」
　と説明をした。が、河本は複雑な表情になって、
「いい加減、遅刻を子供のせいにするのはやめたらどうだ。実之助《みのすけ》はもう五歳にな
るのではないか」
「はい。ですが、まだまだ幼子《おさなご》です。元気かと思えば、急に熱を出して倒れたり、
水を飲んだだけでも吐いたり、急に眠るように倒れたり……大変なのです」
「俺とて三人の子供を育てたから分からぬではないが、武士たるもの責任逃ればか
りでは駄目だ。それに、もうそろそろ後妻を貰ったらどうだ。でないと、元の職に
戻ることなど叶わぬぞ」
「いいえ、私はここが相応しいようです」
「そうは思えぬがな。毎日、退屈そうな欠伸《あくび》ばかりが出ているではないか」
「申し訳ありませぬ。子供のことで寝不足のこともあり……」
「また子供のせいか。とにかく後妻を貰うことだな。実之助のためにも」
「はい。縁があれば……」

片岡は適当に頷いて、開いた書面に挟んであった栞《しおり》を横に置き、硯《すずり》で墨を擦りながら、書類の文字を追っていた。

ここは、赦帳撰要方《しゃちょうせんようかた》といって、与力三人と同心八人による部署である。囚人の罪状を調べて、恩赦が出たときのために、それに該当する者たちの名簿などを作成しておくのが主な職務であった。また吟味方などと連絡を取り合い、『撰要類集』という法令や判例集を纏めたり、町名主から出された人別帳の管理などもしていた。地味な仕事だが、江戸の安寧秩序の基を司るといってもよかった。

だが、片岡は以前、定町廻り同心として、佐々木康之助の下で江戸中を駆け巡り、八面六臂《はちめんろっぴ》の活躍をしていた。定町廻り、隠密廻り、臨時廻りのいわゆる〝三廻り〟は同心の花形であり、武芸に優れていなければならない。片岡も父親を継いで、定町廻りに配属されていたのだが、まだ息子が赤ん坊のとき、女房に病で先立たれ、男手ひとつで育ててきたのである。

赤ん坊を背負って定町廻りをすることなどは無理なので、内勤に替えて貰ったのだ。事件を追いかけ廻す方が性にあっていたが、定町廻りはいつ何時、探索に駆り出されるかも分からない。誰かに預けっぱなしにすることもできぬから、刻限が決まっている部署に配置換えして貰ったのだ。時には、赤ん坊を背負って出仕することもあった。

片岡は子育てなどできないと思っていた。だが、意外なことに乳飲み子から、よちよち歩き、しっかりと意思を示すようになる幼児になるにつれ、愛おしく感じてきた。自分でも呆れるほど、子煩悩になったのだ。

たったひとりの恋女房の忘れ形見でもあるわけだから、奉行所勤めは食うためだと割り切って、少しでも多くの時を息子のために使いたかった。いずれ自分を継いで、町方同心になるかもしれぬ。そのときには、

――どうだ。俺とおまえの自慢の倅だ。立派に育てただろう。

と亡き妻の墓前で語るのが唯一の夢だった。

そんな片岡の姿を見て、かつての定町廻りの仲間や、共に汗を掻いた道場仲間は、その子煩悩ぶりに呆れるほどであった。みんな口々に、上役の河本と同じように、「嫁を貰え」と言うだけだった。

吟味方や例繰方、赦帳撰要方には若手の同心が多いため、上役から嫁の斡旋をされることもあった。だが、片岡はどうしても、女房の美幸《みゆき》以外には、まったく興味

が湧かなかった。奉行所中で天女扱いされている錦にすら、心はなびかなかった。

内勤であっても仕事内容には間違いはないから、いずれ年番方に来いと、筆頭与力の井上多聞から声がかかっている。が、今で言う総務だの人事、給与や経理などには、やはり食指は動かない。

赦帳撰要方は、犯罪と関わりがあり、時にかつて自分が捕らえた者たちのことも分かるし、牢屋敷との繋がりもある。定町廻りに戻るつもりはないと思っているものの、江戸から咎人を減らすために、自分ができることがあると、この部署に来て改めて感じていたのである。

しかし、定町廻りを担っていた同心としては、恩赦があるからといって、下手に刑罰を軽減したり、ましてやお解き放ちをしたりするのには抵抗があった。事実、島帰りが再び罪を犯すことは、ままあったからである。

子供のために、平穏無事な暮らしをしている片岡が、まさか赦免された奴の事件に巻き込まれるとは、思ってもみなかった。

『撰要類集』の編纂を始めたのは八代将軍徳川吉宗だが、小石川養生所もまた、町医者・小川笙船が目安箱に投じた訴願状によってできたことは、広く世に知られている。下層民対策のひとつであるから、身寄りのない老人や捨て子などは元より、近在の急病人の受け入れもしていたため、人の出入りが多く、医師たちも急患のために奔走していた。

小石川養生所は寄合医師など、幕医が勤めていたが、時に八田錦も古巣に戻ったつもりで、手伝うことがあった。今は五人の医師が交代で勤めているが、広瀬高圓《ひろせこうえん》という五十絡みの熟練医もそのひとりであった。常に穏やかで、安心感のある風貌のせいか、患者たちからは全幅の信頼を置かれていた。

色々な病や怪我人が担ぎ込まれて、広瀬は当直医として診察をしていたが、中には不幸なことに看取らねばならぬほど重篤な患者もいて、まさに養生所は戦場も同然だった。

「先生……私はもう長くないのでしょうか……」

年増女が、廊下に来た広瀬に縋《すが》りつくように訊いたが、今にも泣き出しそうだった。胃の中に腫れ物があるから、死病だと思って悲嘆しているのだ。

「そんなふうに考えるのはおよしなさい。今は昔と違って、色々な治療ができる。

長崎帰りの医者も多いからね。今日もほら……」

広瀬が指すと、別室の診察部屋には、錦の姿があった。片岡の息子、実之助を預かって様子を診ていたのである。長崎帰りの錦は、蘭方による外道にも長《た》けているので、いよいよとなれば摘出することになっている。

「諦めては駄目ですよ。今のところは痛みも引いていますから、安静を心がけて下さい」

養生所内には、同病相憐れむような心境となっている者が多い。他にも似たような境遇の患者がいるからだ。それゆえ、却って余計な不安に駆られることがある。同じ病で亡くなるのを目の当たりにすると、「ここは死に場所か」と不吉な言葉を言う人もいる。

だが、それもまったく的外れではない。朝から晩まで、いや夜通しで治療や看病をしている養生所には、人生の最期を迎える者も少なからずいた。それでも、広瀬は、病人本人はもちろん、親兄弟や妻子らにも悔いなく過ごせるように面倒を見ていたのだ。

広瀬は養生所に来て、まだ数年であるが、筆頭医師の松本璋庵《まつもとしょうあん》はもちろんのこと、若い養生所医も信頼していた。錦も同じである。今日も、実之助の様子を診て貰ったが、疫痢ではなく〝食あたり〟であろうとのことだった。

実之助はまだ五歳である。錦は他の患者を診ている間にも、同じ部屋に置いて様子を窺っていた。

「大丈夫だよ、実之助ちゃん。今日は私と一緒に帰ろうね。お父さんは忙しいから」

「うん。団子食べたい」

「あはは。元気になった証だね。後で買ってあげるね」

錦が微笑みかけた時である。

廊下から入ってきた次の患者は、まだ二十歳そこその若者だったが、錦は一瞬にして違和感を覚えた。わざとらしい咳はしているが、何処となく病人らしくなかったからである。

次の瞬間、若い男は実之助を後ろから抱きかかえて、

「大人しくしやがれッ。こいつが死んでもいいのか、ええ！」

と大声で脅した。養生所中に響き渡るほどの怒声であり、手にしている匕首《あいくち》は実

之助の喉元にあてがわれている。不審に思った錦ですら、吃驚するような迫力があった。

廊下を挟んだ対面の診察部屋から、すぐに広瀬も飛んできたが、実之助を人質に取られているので、動きが止まった。

「よしなさい。何をしているのだッ」

思わず広瀬は声をかけたが、若い男は怒鳴りつけた。

「おまえも、そこに座れッ。変な真似をしやがると、このガキを殺すぞ」

不思議と実之助は泣きもしないで、若い男に抱きかかえられたままだが、広瀬は言われるがままに、その場に座った。ほんのわずか、錦が動きを見せると、それも敏感に察した若い男は、

「おまえもだ、女医者。そこでじっとしてろ。でねえと……」

匕首の切っ先を実之助の喉にピタリと当てた。

若い男は薄汚れた縞模様の着物で、目つきはならず者のように人を威圧している。

怖いはずなのに気丈に泣かない実之助に、錦は「大丈夫よ」と声をかけた。そして、賊の若い男に向かって、

「落ち着きなさい。その子は疫痢かもしれません。あなたにも移りますよ」

と穏やかに刺激しないように、錦は言った。広瀬も若い男を凝視して、

「その子は熱があって大変なんです。何が狙いか知らないけれど、ここには幼子や病人だけしかいない。危ない真似はおよしなさい」

と制しようとした。だが、若い男は異様なほど頰を引き攣らせながら怒鳴った。

「黙りやがれ。妙な真似をしてみろ。病人どころか、死人にしてやるッ。ここで寝込んでる奴ら、みんなぶっ殺してやるぞ。それでもいいのか、おう！」

明らかに常軌を逸している。近頃、自害したくて他人を道連れにするという輩もいるが、その手合いかと錦は思った。広瀬も落ち着いており、

「待ちなさい。狙いが金なら、いくらでもやるから。見たところまだ若い。馬鹿な真似をして、人生を棒に振っては駄目だ」

と説得して気を静めようとしたが、却って相手は腹が立ったようで、

「人生ならとうに棒に振ってるよ。それによ、俺が金を欲しがるような、さもしい奴に見えるのか、偉そうによ。てめえ何様だッ」

とますます興奮してきた。

「では狙いは何だね。養生所に怨みでもあるのかね。何か不満があるなら……」

「黙れってんだろうが。一端《いっぱし》の医者面しやがって」

若い男は意味深長なことを言って、広瀬を睨みつけた。

養生所に門番はいるものの、出入りは自由である。沢村圭吾ら養生所見廻り同心もいるが、患者のふりをして来たのなら、防ぎようがない。若い男は、さらに刃物を実之助の首に近づけて、

「言うことを聞かねえと、ガキだろうが殺してやる。俺の要望はただひとつ。神田の薬種問屋『長崎屋』の主人・角左衛門《かくざえもん》を連れてきやがれ。いいか、『長崎屋』だ」

「神田の『長崎屋』といえば、養生所にも出入りしている薬種問屋ではないか……おまえは、角左衛門さんに恨みでもあるのか」

「一々、うるせんだよ、黙って、言われたとおりにしやがれ」

ギロリと睨んだ若い男の顔は、鬼のようであった。だが、広瀬は何か曰くありげに、さらに若い男に詰め寄ろうとしたが、錦が制するように声をかけた。

「分かりました。使いを出します。神田の薬種問屋『長崎屋』さんですね」

「素直に言うことを聞けばいいんだよ。女医者、おまえの方がマシなようだな。お

い、広瀬高圓……おまえは余計なことを言うんじゃねえ。でねえと、みんなぶっ殺す」

血走った目で、無差別に危害を加えそうな若い男を見て、錦は言うとおりにするしかないと判断した。ただ、本当の狙いが何なのかということは、まだ分からなかった。

二

強い陽射しの中、土埃が舞う道を、片岡は腰の刀に手をあてがいながら、韋駄天《いだてん》走りで小石川養生所に向かっていた。

先導するのは、岡っ引の嵐山である。元は関取の巨漢でありながら、意外と足が速い。定町廻り同心の佐々木康之助は一足先に向かっているという。

「まことか。実之助が人質になったというのは」

片岡は胸が張り裂けそうな表情で訊いた。

「らしいです。錦先生も一緒なので、大丈夫だとは思いますが……事情はあっしもまだよく分かりませんが、賊は薬種問屋の主人まで呼び出しているそうです」

「薬種問屋……？」

「神田の『長崎屋』って店です。何か心当たりでもあるのですか」

「いや……それにしても、どうして養生所なんかに……しかも選《よ》りに選って、実之助が人質になんぞ……」

父親としては、すぐにでも助けたかった。しかも、元は定町廻り同心だから、当たり前の気概である。賊はたったひとりだと聞いている。自分が臨場して隙があれば、直ちに召し捕るつもりである。

ふたりが小石川養生所に到着して表門を潜ると、北町の佐々木康之助が身構えており、捕方も十数人、本堂や庫裏を取り囲むように待機していた。病人が多いという場所柄、大捕物になるのは仕方がない。

「様子はどうです、佐々木様」

片岡が声をかけると、佐々木は振り向いて、神妙な顔つきで、

「大事に育てた息子があんな目に遭っている……気持ちは分かるが焦るなよ。相手は何をしでかすか分からぬからな」

と言った。佐々木の視線の先には、錦が座っている診察部屋があり、賊の若い男の顔は見えないが、匕首をあてがわれている我が子の姿は確認することができた。

意外にも冷静に片岡は大きく息を吸った。息子が泣きもせず、じっと我慢しているのを目の当たりにして、却って落ち着きを取り戻したのだ。

「養生所廻りの沢村の話では、実之助を人質に取って立て籠もっており、薬種問屋『長崎屋』の主人を呼びつけたらしい。ところが、主人の角左衛門は、事件に巻き込まれる謂われはないと断ったそうだ」

「えっ。なんて奴だ……」

「まあ、仕方があるまい。理由も分からないのに、のこのこ出てきて酷い目に遭いたくないのだろうよ」

「しかし、それじゃ……」

「角左衛門を責めたい気持ちは俺も同じだが、今はそれより、奴を説得して実之助から引き離すことだ……あの場には、ここからは見えないが、錦先生の他に広瀬先生もいる。だから、何かあれば頼りになる」

「広瀬先生……？」

「知らぬか。二、三年前から、どなたか御殿医の推挙で勤めている医者だ」

「そうでしたか……で、賊は何処の誰なのです」

「分からぬ。名乗ってもおらぬからな。『長崎屋』に尋ねたが、まったく思い当たらぬそうだ。だが、角左衛門が来ないとは言えぬのでな、時を稼いでいるところだ」

「我慢比べですね。だとしたら、実之助は幼いながら、辛抱強い子だから安心だ」

「辛抱強いとは、おまえに似たのかな」

「いえ。母親似です。男と女の違いはありますが、近頃、面差しが美幸にそっくりです。性根もなかなか据わってますしね」

「とはいえ、まだ幼い子だ。悠長に構えるわけにはいかぬな」

佐々木は我が事のように同情したが、片岡はあくまでも冷静に、事件の突破口を探ろうとしていた。

「佐々木様。嵐山に御用を頼んでいいですか」

「ああ、構わぬが……」

すぐ側で聞いていた嵐山も、「何なりと」と前のめりになった。

「この場に来たがらない『長崎屋』の素性を探ってくれませんかね。今すぐ」

「素性……」

「俺は赦帳撰要方に替わって五年も勤めているが、『長崎屋』に関することを、つい一月ほど前に読んだのです」

「『長崎屋』に関することを……？」

佐々木の方が訊き返した。

「恩赦ではないのですが、一年に一度くらい、小伝馬町牢屋敷にいる罪人の数が増えるので、微罪の者は町名主預かりなどにして、恩赦に準じて解き放つことがあるのです」

「ああ、そうだな」

「三月くらい前ですが、『長崎屋』に入ったこそ泥がいて、たしか名前は喜助《きすけ》……年はまだ十九です」

「おお。たしかに、それくらいの男だ。今、そこにいる奴も」

「喜助は金を取り損ねましたが、南町奉行所の近藤信吾《こんどうしんご》様に捕まりまして、入牢百日の刑になりました」

「ああ、近藤は微罪でも厳しいからな」

「で、奉行らから解き放ちにしてよい者たちを、北町でも挙げていたのですが、河本様が喜助の名を出していました。誰かを傷つけたわけでもないし、金も取り損ねている。だから入牢期間が短くなったのですが……『長崎屋』の角左衛門に怨みがあるようなことは、大番屋の吟味のときに話しているのです」

「恨み……」

「なので、私はまだ牢から出すのは反対しました。そういう輩はまたやりますからね。そのときだって、金を盗もうとしたらしいが、もしかしたら狙いは命だったかもしれない」

「なるほど。だから、またこんな騒ぎを起こしたのか……」

佐々木の目が険しく光った。

「それにしても、そいつがおまえの息子を人質に取ったとなると、因果なものだな」

「逆に言えば、賊が喜助なら、解き放った奉行所にも責任があるということです……俺は前々から、心底、反省する咎人はほとんどいないと思っています。案の定、こんなことをしでかした……」

無念だとでも言いたげに、片岡が唇を噛んだとき、障子扉の奥に人影が動いて、チラリと若い男の顔が見えた。喜助がこの男かどうか、片岡は知らないが、しっかりと目に焼き付けた。

「人質を取ってまで、『長崎屋』を呼びつけろと脅すからには、よほどの怨みがあるのだろうぜ……だからこそ、角左衛門も来たがらないのかもしれぬな。嵐山……篤《とく》と調べてみろ。事と次第では、無理矢理にでもここへ連れてこい」

佐々木が命じると、「へい。承知致しやした」と嵐山は巨体を揺すりながら、今来たばかりの道を引き返した。

「――要するに、片岡……おまえは『長崎屋』に入ったこそ泥が、小石川養生所に来たのは、偶然ではなくて、何か裏があると睨んでいるのだな。だからこそ、角左衛門の素性を調べろと……」

「それで、奴が息子を解き放てばいいのですがね」

片岡が険しい目を息子の姿に向けていると、佐々木は苦笑いをして、

「おまえは、やはり定町廻りに向いていそうだな。早いところ息子を助け出して、

定町廻りに帰ってこい」

それには返事をせず、片岡は今、推察したことを佐々木に伝えた。

「乗り込んできてすぐ実之助を人質に取り、しかも錦先生と広瀬先生を身動きできないようにしているということは、初めから立て籠もるのが狙いだったと思えませんか」

「うむ……」

「ここなら人質だらけです。養生所には寝たきりの者もいるし、下手に病人を他に移すと、実之助を殺すと刃物で脅している。錦先生もなんとか助けたいんです」

すでに佐々木たちは、立て籠もっている者を説得しようと試みたが、『長崎屋』を呼んで来いの一点張りだった。ならば自分がと片岡が行こうとすると、佐々木は止めた。

「焦りは禁物だ。何かあれば、捕方たちがすぐに踏み込むように手配りしておる。相手はひとり。必ず隙ができる」

佐々木と片岡は人質事件に何度か遭遇している。逃げ場を失った者が、やけくそで人質を傷つけることもあった。片岡も当然、賊を捕縛する難しさは知っている。

まずは、投降させる一手なのだ。ゆえに、下手に刺激しない方がいい。そのとき、診察部屋から、

「何をしてるんだッ。さっさと言われたとおりにしろ。『長崎屋』を呼べって言ってるだろうが。町方役人には用はねえぞ！」

大声で、若い男はそう繰り返した。

「このままでは、まずい……」

片岡は責任は自分が取ると言って、佐々木が止めるのを振り払うように、

「間もなく『長崎屋』角左衛門は来る。その前に、おまえの用件を聞こうではないか」

と言った。だが、診察部屋からは返事が戻ってこなかった。

「俺は、おまえが人質に取っている子供、実之助の父親だ。北町奉行所の同心で、片岡陽三郎という者だ」

「……」

「おまえは、もしかして、喜助ではないか。先般、牢屋敷から出されればかりの。せっかく入牢から解き放たれたのに、こんなことをしたら、もっと酷い目に遭うぞ」

診察部屋に近づこうとすると、片岡から見えている錦が首を横に振った。危険だから来るなとでも言いたげだ。それでも、片岡は縁側近くまで進んで、

「母親も知らずに育った子だ。俺がひとりで育てたんだ。おまえがどんな育ち方をしたか知らないが、幼い子を傷つけることができるのか。そんな生き方をしてきたのか」

と声をかけた。

これでは相手を刺激するだけで、衝動的に刺すかもしれない。そう察した錦は、

「気持ちは分かりますが、お戻り下さい。人質は他にもいるのです」

と強く言った。

診察部屋の隣には、患者が泊まる部屋もあり、見習い医師や世話女たちもそこにいる。逃げれば子供を刺すと脅しているのだ。

若い男は顔を出して、ギロリと鋭い目で片岡を見た。

「親なら余計なことをせず、言われたとおりにしろ。妙な真似をすれば、子供だろうと年寄りであろうと遠慮なく殺す……俺の親がそうされたようにな」

「おまえは、親が殺されたのか……!?」

片岡は思わず声をかけたが、若い男はそれには答えず、

「とにかく『長崎屋』の主人が来なければ、このガキが死ぬ」

若い男は、広瀬に命じて、障子戸を閉めさせた。外から一切、見えないようにしたのだ。片岡はその場に立ち尽くして、

「頼むから、無茶はするな。実之助は、生まれつき肺が弱く、喘息気味なのだ」

「知るか、馬鹿。さっさと『長崎屋』を呼んでこねえのが悪いんだ。早くしろ！　俺をなめるなよ、ガキだけじゃねえ。寝転がってる爺イや婆アたちを皆殺しにしてやろうか！」

と障子の奥から、若い男は怒鳴りながら、ドンと壁を蹴った。刃物は他にも持っているようだった。あまりに凶悪な若い男の言動に、錦は手を出すことができなかった。

「このガキは『長崎屋』が来れば解き放ってやる。もし、来ないならば、広瀬……おまえも含めて、皆殺しだ……おまえも自業自得だからな」

「――自業自得……どういうことだ」

「てめえの胸に手を当ててみな」

「私が何をしたのか、はっきり言ってくれ……さっきおまえは、親が殺されたみたいなことを言ったが、私の診療に間違いでもあったかね……だとしたら、こんなことはやめて、私に……」

「うるせえ！」

若い男の大声に、実之助は泣き出しそうになったが、それでもじっと我慢していた。その顔が愛しく思えた錦は、

「その子を放してあげなさい。私が人質になります。女だから、あなたにとっては扱いが簡単でしょ」

「危ねえ危ねえ……綺麗な顔して、ふざけたことを言うなよ、八田錦さんよ」

「えっ……」

自分のことも知っているのかと、錦も広瀬も驚いた。『長崎屋』だけではなく、自分たちに対しても何か怨みがあるのかと感じたが、錦には心当たりはまったくなかった。そんなふたりの表情を眺めながら、

「今に分かるよ、おふたりさん……」

と若い男は、意味ありげに微笑を浮かべるのだった。

三

一方、神田の薬種問屋『長崎屋』の主人・角左衛門は、嵐山が下手に出て、なんとか来てくれと頼んでいるにも拘わらず、

「私には関わりのないことです。お役人が大勢、押しかけているのでしょ。解決できることを祈っております」

と他人事のように言った。

角左衛門は四十半ばで恰幅の良い、いかにも遣り手らしい商人だが、岡っ引の嵐山から見ても強面であった。もし、賭場にでも出入りしていたら、貫録あるやくざ者に見えるほどだった。

店構えは並みだが、この店は数年前に先代主人の清兵衛《せいべえ》から買い取って、小石川養生所も含めて、町医者に薬を売ることで成功を収めていた。ゆえに、大きな取引先でもある小石川養生所で大変なことが起こっているのに、知らぬ顔を通すのかと、嵐山は責め立てた。それでも意地を張ったように、

「申し訳ありません。商いは商い、事件は事件ではないですか。どうか親分さんたちが、片付けて下さいまし」

丁寧に拒んだが、嵐山も形相がガラッと変わって、

「そうはいかねえよ」

と語気を強め、十手を突き出した。

「こそ泥が入っただろう。そいつが近頃、解き放ちになった。喜助って奴だ」

かすかに角左衛門の表情が曇った。嵐山はじっと見据えて、

「わずか三月前のことだ。覚えてるよな」

「ええ、まあ……」

「そいつが養生所で子供を人質に取って、おまえを呼べと言ってる」

まだ嵐山は確信があって言っているわけではないが、片岡の話を勘案したのだ。

角左衛門が困惑した顔になったのは、やはり何か心当たりがあるからであろう。

「どうした、角左衛門……喜助に脅されるようなことでもあるのか」

「……」

「ないなら、来ても構わないじゃねえか。それとも、あるのかい……こっちはガキ

の使いじゃねえんだ。無理にでも来て貰うぜ。嫌だと言うなら、おまえのことも色々と調べなきゃならねえ。よほど来たくない訳があるんだろうからな」

「何もありませんよ……」

角左衛門には、あくまでも同行するつもりはないようだ。嵐山は少々苛ついた顔になって、大声で店の客たちに聞こえるように、

「なんだって！　小さな子供が人質になってるってえのに、知ったことじゃねえってか！　事は他でもねえ。おまえが世話になってる小石川養生所の医者や患者まで人質になってるんだぜ！　おまえが呼ばれてるのに、おまえが来ないせいで、人質が殺されてもいいってのかい、角左衛門さんよ！」

とあからさまに嫌味を言った。

待っていた客たちは、驚いてそそくさと出ていった。角左衛門はおたおたとなり、

「やめて下さいよ、親分……行きますよ。行けばいいんでしょ……でも、本当に私は何も知らないし、何も関わりありませんから」

と実に迷惑そうな顔になった。

ようやく、角左衛門を小石川養生所に連れてきて、すぐにでも相手の要求通りに

会わせようとしたが、佐々木がしばらく待てと言った。外からは見えないが、どうやら錦が説得しようとしているとのことだった。

障子戸が閉じられた診察部屋の中では——錦が正座をしたまま、毅然とした態度で、若い男と向かい合っていた。

離れた廊下側には、広瀬がいたが、下手に動くと実之助が危ないから、微動だにしなかった。それでも、障子戸の外の中庭や廊下には、町方の捕方が徐々に迫ってきている様子は、若い男も感じ取っているようだった。

「片岡さんが言ったとおり、あなたは赦免されて牢から出てきたのですか。名は、喜助さん。そうなのですね」

錦が問いかけると、若い男はぽつりと、

「——うるせえ……」

と答えたが、表情から見て、どうやら本当のことのようだった。

「この養生所ではかつて、私の父が医者をしておりました。見廻り与力から医者になった変わり種です。ですから、私にとって、ここは生まれ育った実家のようなものです」

「……」

「もし父が、この場にいたら、きっとあなたの言い分に耳を傾けると思います。罪を犯す人にはよほどの訳があるからです」

　患者の声を聞くのと、咎人の声を聞くのは似ていると錦は思っていた。どちらも自分ではどうしようもないことがあるからだ。しかし、治すにはいずれも自分の意志が必要である。治ろうという強い意志が大切なのだ。

　それでも治らない病もあるが、人を傷つけようという心は必ず治る。錦はそう信じていた。

「私も早くに母親を亡くしました。でも、まだ思い出が残るくらいの年頃です。その実之助ちゃんは、生まれてすぐ母親が他界しました。だから、母親の温もりは何も知りません」

　錦が穏やかな声で話し始めたが、喜助と思われる男は、自分には関わりないとばかりに、忌々しそうな目つきで見ていた。

「それでも素直に育ったのは、父上の片岡さんは元より、周りの方々の温かい助けがあったからです。人はひとりでは生きていけませんからね。乳飲み子を見ていたら分かるでしょ。必ず誰かの世話になっているのです。ですから、私も父からは、『ひとりで大きくなった面をするな』とよく言われたものです」

「……」

「片岡さんは実之助ちゃんが赤ん坊のとき、定町廻り同心から、赦帳撰要方に替わりました。少しでも我が子と一緒にいられるからです。実之助ちゃんも知ってるわよね」

錦が笑顔を向けると、実之助も小さく頷いた。五歳ながら気丈な顔をしている。

「赦帳撰要方という所では、実刑を受けている人のうち、誰を御赦免にするか、刑を軽減させるかを決めます。島送りになっていた人の中にも、御赦免花が咲いたら帰れる人がいるかもしれません……あなたは選ばれて、牢から出られたのに、せっかくの機会を失うことになりますよ」

「うるせえ。こっちが頼んだわけじゃねえや。それに、牢屋敷が手狭になったから、追い出されただけの話だ」

喜助はそういう事情を知っているのであろうが、ふつうなら幸いなことだと、大人しくしているはずだ。わざわざ騒ぎを起こすとは、元の牢暮らしに戻りたいのか、

『長崎屋』によほどの怨みがあるに違いない。

「では、どうして、こんなことをしたのですか。あなたも親御さんがいないから、情愛に飢えているのだとしても、あなたが他の人を思いやることで、心は救われますよ」

「……」

「罪とはちょっとした心の病が起こすもの……特に若いときは、風邪のようなものです。私だって、自棄になったことの一度や二度はあります……でも、医者をしていることで、なんとか、人の心を保っているのです」

「――屁理屈はいいよ」

何が可笑しいのか、喜助は苦笑して、ここに〝籠城〟した理由は、『長崎屋』さえ来れば分かると繰り返し話した。錦をして説得できそうもないが、この場にいるかぎり、自分が一番の責任者であるという自覚を、錦は抱いていた。実之助はもちろん、患者を無事に助けなければならないと、自らに命じていた。

どうやら、身代金などの金狙いではなさそうだが、話し合いがこじれれば、却って厄介なことになる。錦はそれを用心して、刺激しないようにしていた。喜助は気持ちが昂ぶったままである。

「もう一度、お願いします。その子は幼過ぎます。こんな目に遭わせたら、それこそ綺麗な水晶玉のような心に傷がつきます」

「ふん。水晶玉なら、釘で引っ掻いても傷なんざ、つかないだろうぜ」

「どうしても、私を身代わりにするわけにはいきませんか」

「時を稼いでも無駄だ。『長崎屋』が来なきゃ、このガキを手始めに殺して、次は望みどおり、あんたを殺すよ、先生」

「定町廻りの佐々木様は血も涙もないですからね。人質なんぞどうでもよいと、捕方を踏み込ませるかもしれない。私はそれだけは避けたいのです、喜助さん」

と錦が同情を誘うように言ったが、まったくの無駄どころか、逆に刺激した。

「やれるものなら、やってみろ」

感情が昂ぶっているのは、異様なほどの歯ぎしりで分かる。握る刃物の切っ先も、今にも刺しそうに震えている。

その時、広瀬の方がおもむろに声をかけた。

「――喜助とやら……『長崎屋』に会いたい理由を聞きたい」

「どうでもいいから、早くしろ！」

「角左衛門さんのことはよく知っている仲だ。養生所でも世話になっているからな」

「ふん。白々しいことを言うな。さっきも言ったはずだ。『長崎屋』が来たら、すべて分かるとな……広瀬高圓先生様よ」

喜助にはやはり深い事情があるようだ。しかし、本気で殺す奴なら、もう凶行に及んでいるかもしれない。

人質籠城事件というのは、怒りの頂点から、しだいに興奮が冷めてくることも多い。少し冷静になれば、立て籠もった賊の方から、身の上話をすることもある。此度は何らかの遺恨によるものはたしかなようだが、喜助の内心を見極めるために、錦は細かい表情を見ていた。

「おまえ、角左衛門さんに、よほどの怨みでもあるのだな」

広瀬がまた声をかけると、思わず喜助は声を強めて、

「ああ。おまえにもな」

と咄嗟に返した。だが、それ以上のことは言わなかった。

それでも、わずか一歩だけでも状況は変わったと、錦は判断した。人は咎人であれ、誰であれ、水を向けると事情を話したくなるものである。広瀬の問いかけは、その隙を作ったと錦は思っていた。この間に、『長崎屋』に対して怨みを抱く者を、佐々木らが調べ出してくることを、錦は期待していた。

四

嵐山が連れてきた『長崎屋』角左衛門の前に、佐々木は切羽詰まった顔になって、

「どうして、来るのを拒んだんだ。おまえのお陰で、賊が自棄になって幼子が殺されるかもしれないのだぞ」

「――ですから、それが私のせいですか」

角左衛門は商人とは思えぬような、ふて腐れた態度で、佐々木を睨み返した。

「ほう……なかなか肝が据わっているな」

「そうでなければ、商いなどできませぬからね」

今にも嚙みつきそうな表情に、佐々木は定町廻り同心として、嫌な臭いを感じて

いた。商人であっても人嫌いとか、自分勝手な人間はいくらでもいる。だが、目の前の角左衛門には、誠意とか真心というものをまったく感じないのだ。

「それでよく人の命を預かってられるな」

「人の命……？」

「そうではないか。薬は命を助けるものではないのか」

「まあ、そうに違いはありませんが……だからといって、私と人質騒ぎと何の関わりがあるというのでしょう」

如何にも冷たい言い草だが、さしもの佐々木も嫌悪感を露わにして、

「そこまで言うなら、もしおまえが同じような目に遭っても、俺は助けに行かないぞ」

「ご随意に」

吐き捨てるように言う角左衛門には血も涙もなさそうだった。周りにいる嵐山や捕方たちも、「くそやろう」と呟くほどだった。

「ときに角左衛門……喜助という男に見覚えはないか」

「その話は、嵐山親分からも聞きましたがね、まったく知りません。賊がどんな奴

かは知りませんが、うちに押し込んだり、人質騒ぎを起こしたりする輩なんぞに情けは無用。さっさと踏み込んでとっ捕まえるなり、殺すなりして下さいまし」

あくまでも冷徹な態度で、角左衛門は言った。

むろん、今も『長崎屋』の周辺を洗い、商売上で揉めていた者がいないか、店の番頭や手代らとの関わり、近所とのことも、他の岡っ引や下っ引に洗わせている。診察部屋に乗り込む態勢も作っているが、角左衛門が来たのだから、すぐにでも会わせるべきだと嵐山は言った。

だが、佐々木は何か思惑があるのか、あるいは錦と広瀬が中にいるので、説得を期待しているのか、

「焦ることはない。喜助は時を決めたわけでもないし、ここはこっちも腹を括る」

「腹を括る……？」

「喜助には何か思惑がありそうだから、それが何か分かるまで引き延ばしてもよかろう」

「しかし、それでは……踏み込むにしても、町方同心や捕方がやっては、助かる命がもっと危ない目に遭います」

「年寄りの患者たちも多いし、身動きできない重篤な人たちばかりです。世話をする親兄弟もおりやす。てことは……」

「なんだと」

嵐山は佐々木の耳元に囁いた。

「もしかしたら、仲間が看病のふりをして潜んでいるかもしれやせん。事実、喜助だって何食わぬ顔で患者のふりをして、診療所に入ってきたのですから」

「たしかに、ないことはあるまいが……」

養生所内を見廻しながら、佐々木の表情は硬くなった。

「嵐山……おまえ、近頃、俺に指図をよくするが、勘違いするんじゃないぞ」

「旦那。そんなことを気にしてる場合じゃないでしょ。あっしは、まずは人質の命だってことをですね……」

「おまえが偉そうに言うな。馬鹿」

「本当に、立て籠もりをする奴ってなあ、何をしでかすか分かりやせんから。牢から出て騒ぎを起こす奴です。佐々木様の短慮で、逆撫でするようなことは……」

「うるせえ！」

ふたりが争っているのを目の当たりにして、角左衛門は不安げに、

「大丈夫なんですか、旦那方……やっぱり、私は……」

「いや、奴に会わせる。その前に……おまえに訊いておきたいことがある」

佐々木は訝る角左衛門を庭石に座らせて、

「喜助って奴は知らないって言ったな」

「――はい……」

「奴の要求が『長崎屋』って聞いたとき、実は俺はある疑念を抱いていたんだ」

「それは、どういう……」

「丁度、喜助がおまえの店に押し入ったちょいと前に、番頭の伊佐吉《いさきち》が辞めているよな。それは、どうしてだい」

「旦那がなぜ、そんなことを……」

「知ってるってか？　そりゃ、こちとら定町廻り同心だ。町中に不穏な出来事がないか、色々と調べるのが仕事だ。捕縛したのが南町の同心だろうが誰だろうが、なぜ凶行が起きたかは事件後もキチンと精査しておくんだ」

声は潜めているが、佐々木はまるで咎人を責めるような口調で、

「他にも気に入らない手代なんぞも、すぐに怒鳴りつけて辞めさせるらしいな。おまえのその面に凄まれたら、みんな恐くなって逃げ出すだろうよ」

「……」

「随分と、てめえ勝手なんだな」

「此度のことと関わりがあるのですか、旦那」

「あるかもしれないではないか。薬種問屋のくせに、金貸しの真似をして高い利子まで取ってるってことも承知してるぜ」

角左衛門はバツが悪そうに俯いた。

「この際、おまえの儲け話のことは目をつぶる。だが、借金をした奴の中に、喜助ってのがいるのだが……こいつが、おまえの店に押し入ったり、此度の人質騒ぎを起こしたりしているようなのだ」

「……」

「まだ二十歳前の若い奴だ。本当に知らないのか」

「知りません」

「しかしな、角左衛門……こいつが借りている金は百両もある。あんな若造に、これだけの金を貸すなんざ、信じられぬがな。なにか子細があるんだろ」

「さあ……百両くらいなら、他に何人も借りていますがね」

「おまえの店には、地廻りの下っ端も出入りしている節もあるようだが、本当にまっとうな薬種問屋なのかい。先代から問屋株を買っただけで、おまえは薬のことなんざ、ろくに知りもしない。薬種問屋に奉公していた手代を雇ってるだけだとのことだが」

「誰が、そんなことを……」

「人の噂ってのは恐いぜ。この小石川養生所と繋がりをつけたのも、店に箔を付けたかったがため。そうだろ、角左衛門」

「……」

「おまえと喜助は、ただの金の貸し借りがある間柄とは思えないけどな」

佐々木はまるで何もかも見抜いているかのように、ジロリと睨みつけた。角左衛門はそっぽを向いて、「知りません」と答えただけだった。だが、佐々木はしつこく、

「百両も金を貸した相手に盗みに入られて、今度は、おまえと関わりのある養生所

で人質騒ぎだ。むしろ、おまえの方から、お上に届け出ても不思議じゃねえ。何か隠していることがあるだろ」

「……」

「喜助って若造のことを、本当は知っているのではないのか」

「──もしかして、佐々木の旦那……これは何かの狂言ですか？」

「どうして、そう思う」

「私をこんな場所に引っ張り出すための小芝居にしか思えません」

「そうかい……やはり、喜助とやらに会ったら、まずいことでもあるのだな」

佐々木がさらに責め立てると、角左衛門は苛々と眉間に皺を寄せた。

ずっと傍らで見ていた片岡は何か思いついたのか、佐々木に角左衛門をしっかりと見張っていて欲しいと頼み、自ら診察部屋に向かった。いきなり障子戸を開けるや、外の廊下に立った。周りで待機している捕方たちは、吃驚した。賊が逆上して人質の〝我が子〟を刺すかもしれないからだ。

驚いたのは、錦や広瀬も同じだった。

「その子の父親だ。以前は定町廻りだった片岡だ。『長崎屋』角左衛門に会わせてやるから、その前に事情を聞かせて貰おうか」

診察部屋では、喜助が実之助を抱えて、奥の壁を背にして座っている。二間程離れて、錦は正座をしたまま対峙していて、広瀬は廊下側にいた。

喜助は障子戸を開けられたことよりも、片岡の顔を見て驚いた。まるで古い知り合いにでも邂逅《かいこう》したかのような表情だった。錦はそれを見逃さなかったが、片岡も不思議そうに見つめ返していた。

すると、喜助は腹の底から湧き上がるような笑い声を俄に発しながら、

「——これは驚き桃の木。このガキはあんたの子かい」

「どういうことだ……」

「ふん。ま、どうでもいいこった。何の因果か知らないが、悪く思うなよ」

「角左衛門は必ず連れて来る。おまえは喜助に間違いないな」

片岡の問いかけに、相手はもはや隠しても仕方がないと思ったのか素直に認めて、

「牢から出してくれて、ありがとうござんした」

と、からかうように言った。

「喜助……どうして、『長崎屋』角左衛門を懲らしめたいのだ」

一歩踏み込んで訊く片岡に、喜助はきつく実之助を抱え込んで、

「うるせえ。出ていけ。さっさと『長崎屋』を連れてくりゃいいんだよッ」

「角左衛門を殺したいのか」

「だったら、どうした。てめえの息子を殺された方がいいってのか、ええ！」

すぐ近くまで駆け寄ってきた佐々木は、声を潜めて、

「無茶をするな、片岡。逆上して刺したら、取り返しがつかないぞ」

「いや、こいつは人殺しなんかしません……俺が〝御赦免〟にしたのだからね。それに、どうしても確かめたかったんだ。俺の知ってる喜助なら、人を殺《あや》めるようなことをするはずがないからな」

「知っている人なのですか、片岡さん……」

錦の方が不思議そうに訊いた。

「御赦免の名簿にあったときも、チラッと脳裏を掠めたんだ。もしかしたら、あのときの喜助ではないかってね」

「あの時……？」

「そして、今、俺の顔を見て驚いたようだが……こっちも同じ気持ちだよ」

「おまえは……五年前、深川堀川町、油堀の側にあった『田代屋』という太物問屋の生き残りじゃないのか？」

と片岡が訊くと、喜助の顔には一瞬、緊張が走ったが、すべてがバレたのが気まずそうに笑って、「そうだよ」と答えた。だが、油断はまったく見せていない。むしろ、片岡に楯突くような声で、

「おまえのせいで、俺の二親を殺した下手人は逃げて姿を眩ました。お陰で十四だった俺は孤児《みなしご》になっちまって、あっちこっちを盥廻《たらいまわ》しにされたよ」

まるで片岡が悪いかのように喜助が言うと、錦もハッとなって思い出して、

「もしかして、あの火事のあった……？」

と訊いた。

喜助の表情は揺らいだだけだが、片岡はシッカリと頷いた。

「そういや、錦先生はあの時、本所見廻りの伊藤《いとう》様と一緒に検分に来てましたよね」

「ええ……あれは火事に見せかけた殺しだと判断しました」

「……」

錦はそのときの様子を思い出していた。

太物問屋『田代屋』は、番頭と手代がふたりいるだけの小さな店だが、近くには材木問屋が沢山あったので、木綿などは大層必要とされて、それなりに繁盛していた。

夜中に火事が起こり、中年夫婦は焼死したが、ひとり息子は家におらず無事だった。それが喜助だ。

火の廻りが激しくて、町火消が来たが、夫婦を助けることはできなかった。

「でも、後で死体を検分したとき、ちょっと臭いが違ったのです」

「臭い……」

片岡が訊き返すと、錦は喜助がいるので慎重に答えた。

「殺された後に焼かれたと感じました。たとえは悪いですが、新鮮な魚と腐った魚では焼いたときの臭いが違います。つまり、殺されてしばらくしてから……と思い、後で肺の臓などを調べてみると、おそらく亡くなってから火事にされた……そう定町廻りには伝えました」

「そうでしたか。ということは、殺しなのに火事で死んだことに……」

「おそらく……」

「でも、その時はたしか、夫婦は火事で死んだとされて、探索は中止になったはず。しかも、火の不始末は……喜助。おまえのせいにされていたよな」

明瞭に思い出した片岡が声をかけると、喜助は感極まって、

「そうだよ！　何もかも間違えた、おまえたちのせいだ！　おまえらが悪いんだ！」

と怒鳴った。

あまりに物凄い大声だったので、実之助は吃驚して泣き出した。ずっと恐い状況である上に、心の臓が止まるほどの喜助の声に、たまらず、しゃくるように泣き出してしまったようだ。

五

「思い出したか、おふたりさん……」

喜助は、実之助を強く抱きしめたまま、錦と片岡に言った。

「お陰で俺は、付け火の罪人にまでされそうになったんだ。丁度、二、三日、家を

空けてたからな。その間に、火を付けて親を殺したんだろうってよ」

その頃、喜助は難しい年頃で、悪い連中とつるんで、まだ子供なのに酒を飲んだり、賭場に行ったりしていた。家は店を営んでいるから、帳場から金を持ち出したりもしていた。だから、二親が火事で死んだときには、真っ先に喜助が疑われたのである。

「悪いがな、喜助……その話は俺は知らない。丁度、女房が急な病で死んでしまってな。その実之助はまだ乳飲み子だった」

「……」

「だから、定町廻りから外れ、違う同心が事件を扱ったはずだ」

「知るか。おまえの事情なんざ、どうでもいい。こっちは付け火に加えて親殺しにされそうになったんだ。店にあるはずの数百両の金もなかったからよ」

「そうなのか……?」

「寝言を言うんじゃねえよ。それだけでも、誰かが押し込んで、親父とおふくろを殺し、金を盗んで逃げたって考えるのがふつうだろうがッ……なのに、留守にしていたってだけで、俺のせいにされた。賭場で負けが込んでやらかしたんだろうって、散々、絞られたぜ。酒井《さかい》とかいう強面の同心にな」

「酒井様……もう三年前に隠居して、直後に心の臓の発作で亡くなった」

「ざまあみろってんだ。そいつのお陰で、こちとら悲惨な暮らしが続いたんだッ」

喜助は匕首を持つ手に力が入り、今にも実之助の体に触れそうだった。片岡は懸命に訴えるように、

「知らぬこととはいえ済まなかった。錦先生の見立てが正しく、俺がキチンと探索していれば、おまえに辛い思いをさせなかったかもしれない……申し訳ない。だが、実之助には関わりのないことだ。放してやってくれないか、喜助」

「……」

「おまえはたしかに、少しひねくれてはいたが、人殺しをするような奴ではないってことは、俺は百も承知している」

「なんだと……」

「あんな悲惨な事件が起こる前に、俺はおまえが小さな子供たちに、菓子や玩具を買い与えていたのを見たことがあるんだ。親の金だったかもしれないが、身寄りのない可哀想な子たちの面倒を、おまえは見ていた。そんな奴が悪いことなんかでき

るわけがない」

懸命に言う片岡を、喜助は鼻で笑って、

「――無駄だよ、泣き落としなんざ。そうやって隙を狙って、俺を捕らえようって魂胆だろうがな……この数年、散々、見てきたよ。汚ねえ大人たちをよ」

「だったら、おまえは汚い大人になるな。まっとうな人間になれ」

「まっとうだよ。俺は親父とおふくろの仇討ちをしたいだけだ……まっとうじゃねえのは、『長崎屋』角左衛門だ……そうだろ、広瀬先生。あんた、よく知ってるはずだよな」

喜助がまた鋭く見やると、広瀬は無言のまま目を逸らした。

「ふん。人殺しが、お医者様とはこれ如何に……養生所の患者たちの病を治すどころか、殺すかもしれねえぜ」

「何を言うのです。広瀬高圓先生は……」

錦は庇うように丁寧に言った。

「『小石川養生所』の先生たちが信頼している名医です。広瀬先生は腕がよいだけではなく、薬代なんていらないという方。貧しくて重い病の人は尚更、懇切丁寧に診ます。医は仁術を実践している人です」

「ふうん……」

「町場にあって、名もなき人のために尽くしたい。御殿医の誘いにも応じず、ただただ庶民の病を治すためだけに生きている人なんです。『小石川養生所』になくてはならない医者なんです」

「そりゃ大層なこって……」

喜助はそう言いながら、また広瀬を睨みつけた。広瀬は緊張を強いられているせいか、額に少し汗が滲んでいる。

「広瀬先生ご当人は、穴があったら入りたいんじゃねえのかな。ここまで言っても、知らぬ顔の広瀬先生様かよ」

広瀬の表情に、怒りの色が浮かんだ。すぐに見て取った喜助はさらに怒鳴った。

「その面はなんだ。さあ、突っかかってくりゃいい。そしたら、このガキは死ぬ。おまえのせいだぞ。おまえが人殺しになるんだ！　分かってんだろうな！」

「――その子を放してくれ……頼む……私が何をしていようが……その幼な子は関わりがないだろう」

広瀬は手を差し伸べて訴えようとしたが、喜助は冷やかな態度で、

「だったら、てめえから罪を白状しな……ふん、できねえくせによ。だったら、さっさと『長崎屋』を呼べ！　誰が死んでも俺のせいじゃねえからな。分かってんだろうな、てめえら！」

感情の昂ぶりはもう誰にも抑えることができそうになかった。錦はこれ以上、ほったらかしにしておくと、本当に実之助を刺すかもしれない。あるいは自棄になって自刃もあり得る、と思った。

「落ち着いて下さい、喜助さん。私も医者の端くれです。あなたの心にも寄り添いたい。これ以上、無茶をしないで下さい」

「ああ、よく分かったぜ！　てめえら、みんなでグルになって、『長崎屋』を庇いてえんだな！　そういうこったな！　わざと『長崎屋』角左衛門の罪を見逃したんだな！」

さらに上擦った声になった喜助に、今度は片岡が声をかけた。

「分かった。角左衛門は来ている。ここに引きずり出してやる。おまえの好きにしろ」

「――ほ、本当か……」

「角左衛門は薬種問屋でありながら、不法な利子で金貸しもしているそうだ。だから、おまえはそこに乗り込んだのだな。盗みをしようとしたのではなく、仇討ちをするために」

「……」

「おまえも百両を借りているらしいが、もしかしたら借りたのではなく、角左衛門の何らかの罪を知って、脅し取ったのか」

同情めいた声で片岡が言ったとき、もうこれ以上は危ないと判断した佐々木が、

「待て、片岡」

と言って、角左衛門を連れて履き物を履いたまま廊下に上がってきた。後ろには、嵐山や捕方たちも控えている。もはや喜助は追い詰められたも同然だが、幼子をがんじがらめにしているから、一瞬も油断はできない。

錦は角左衛門に会ったことがないが、一瞥した印象では、いかにも強欲そうだ。全身を苛々と震わせているのは、自分の立場が悪くて逃げ出したい証だと、錦は判断した。

「どうして、素直に来なかったのですか」

錦の方から訊くと、角左衛門は偉そうに睨み返して、

「なんですかな、この騒ぎは一体……私に何の関わりがあるというのです」

と言うと、喜助が声を強めて命じた。

「この期に及んで言い訳か。町方の旦那方、今すぐ角左衛門を縛り上げろ。逃げられねえよう、しっかりとな」

「いや、待て……」

佐々木が何か言いかけたが、喜助はさらに怒鳴った。

「いいから、とっとと縛れ。でねえと、本当に、このガキをぶっ刺すぞ！」

実之助は恐怖よりも体が疲れたのであろう、小さな咳を繰り返している。心配そうに錦は声をかけているが、喜助は無情にも首の辺りを腕で抱え込んだまま、刃物をちらつかせて角左衛門を縛れと命じた。

仕方なく、佐々木は嵐山に命じて、捕り縄で縛り上げようとした。角左衛門はとっさに抗おうとしたが、嵐山は無言のまま強引に角左衛門を後ろ手にして、きつく縛った。

佐々木は角左衛門の肩を軽く叩いて、

「望みどおり縛ってやったぞ、喜助……それで、どうしたいのだ」

と声をかけた。角左衛門とどんな関わりであっても、喜助が怨みを抱いているのは確かである。突然、何をしでかすか分からないから、捕方たちは襖の後ろや廊下に飛び込めるように潜んでいた。

角左衛門は喜助を睨みつけて、

「おまえが誰かは知らんが、怨まれる覚えはないがな」

と言った。縛られていながら、なかなかの度胸である。

すると、喜助はさらに角左衛門に命じた。

「部屋に入って、そこの広瀬高圓先生とやらを見てみろ」

角左衛門は嵐山に支えられながら、診察部屋に一歩入ると、障子戸の前に座っている広瀬を見るなり、明らかに表情が変わった。そして、自分でも思わず、

「おまえは……」

と声を洩らした。広瀬の方は、角左衛門のことを承知していたのか、微妙な表情であったが、錦は不思議そうにふたりの顔を見比べていた。

喜助は苦笑いしながら、

「おい、角左衛門。おまえは小石川養生所に薬を入れているのに、この広瀬先生に会ったこともねえのか。所詮はその程度の仕事ってことだな……だが、広瀬先生の方は、おまえの〝正体〟を知っていながら、誰にも黙ってたようだな」

と言った。

「なんだ、おまえ……」

しばらく角左衛門は呆然としていたが、思わずその場から立ち去ろうとした。だが、縄で縛られているから、動くことができない。そのふたりの様子を見ていた佐々木と嵐山は、明らかに何かあると察した。

「なんとか言ったらどうだ、角左衛門。その節はありがとうございました。私もこうして一人前の商人になっています。先生もご無事で、偽医者を続けられて結構なご身分ですね……ってな」

喜助がからかうように言うと、角左衛門は平然と、

「だから、なんだ……」

「おまえの悪事もこれまでだってことだ。縛られて当たり前のことをしたんだ。洗

いざらい、町方の旦那たちに白状しちまいな……虻《あぶ》の文左《ぶんざ》さんよ」

乱暴だが、あまりに意外なことを言った喜助に、佐々木と嵐山はもとより、錦も驚いた顔で見ていた。

「虻のように遠慮なく人を刺して、毒を撒き散らしている荒くれ者の文左っていや、裏渡世ではちょいと知られていたワルだ。俺がガキの頃に世話になってた万七《まんしち》兄貴も殺したよな、ブスリと一刺しで」

「……」

「だけど、手違いで他の奴のせいになっちまって、そいつはあっさり処刑された。で、おまえは安泰だったわけだ」

虻の文左と呼ばれた角左衛門は、舌打ちしてまた逃げようとしたが、嵐山が座らせ、

「喜助が言っていることは、本当か」

と訊いた。だが、角左衛門は知らん顔をしていた。それでも、喜助は広瀬を見て、

「今度は広瀬先生……いや、浅見与三郎《あさみよさぶろう》さん……虻の文左の用心棒だったよな。けど、こいつなんざ、生きててもしょうがねえ人間だろ。だから、同心の旦那の脇差

しでも借りて、文左をぶった斬ってくれねえか」

「何を馬鹿な……」

佐々木が今にも摑みかかろうとすると、喜助はやはり匕首を実之助に向けて、

「この子を助けたいだろ、浅見の旦那。あんたも元は武士なら、世のため人のためだ。可哀想な人のために尽くしてるんだろ。文左のようなダニはぶっ殺した方がいいだろうがよ」

「――喜助……もう分かった」

廊下に立ったまま佐々木が声をかけた。

「このふたりは、薬種問屋でもなきゃ、医者でもない。それを証明したかったのだな」

「……」

「おまえが、こんなことまでやらかした深い事情もあるのだろう。後はこっちで調べてやるから、もうお終いにしろ」

「いや。そうやって、前も結局は無罪放免になった。証拠がねえとか何とか言いやがってな……だから、このふたりにはお互い死んで貰うのが一番なんだよ」

「無茶を言うな。そんなことをさせたら、おまえも只じゃ済まぬぞ」

「端から承知の助だよ。このふたりさえ、罪を認めて死んでくれれば、俺も潔くてめえの処分くらいできらあな」

常軌を逸している目つきになって、

「さあ。ぶっ殺してくれよ。文左をだよ。でねえと、この子を！」

また大声になって、喜助はしっかりと実之助を抱きしめて匕首に力を込めた。

「このガキと極悪非道の文左と、どっちの命が大事なんだ！」

広瀬は素早く立ちあがると、佐々木に近づいていきなり足蹴にしながら、サッと刀を鞘から抜き取った。元は腕利きの武士なのか、佐々木ですら一瞬の隙を突かれた。広瀬はその切っ先を、縛られたままの角左衛門の喉元に突きつけた。

「——ま、待ってくれ……」

哀願する目になる角左衛門に、広瀬は今にも叩き斬ろうと身構えた。

「馬鹿……よ、よせ……やめろ、浅見の旦那……俺が悪かった……だから……」

必死に角左衛門は、広瀬に向かって本当の名を呼んでいた。しかし、嵐山はとっさに角左衛門を庇うように近づき、

「広瀬先生……だめだ……なあ喜助……これ以上、無茶はいけねえよ」

「うるせえ！　文左を殺せ！」

紅潮して絶叫する喜助を、錦はじっと見つめていた。喜助の目には、なぜか涙が浮かんでいる。それを見た錦は、おもむろに立ちあがって、ゆっくりと喜助に近づきながら、

「あなたには、実之助ちゃんを殺すことなんてできません」

と小さな声で言った。

「このふたりが、あなたの二親を殺したのですね……あなたの狙いは、このふたりを引き合わせた上で、仇討ちをすることだった」

「……」

「だとしたら、この場にいる人は、みなあなたの味方だわ……だから、実之助ちゃんはもう放してあげてちょうだい」

だが、今度は広瀬こと浅見の方が、角左衛門、いや文左に迫って、鋭い目つきで刀の切っ先を向けた。

「やめろ、旦那……わ、悪かった、喜助……だが、おまえの親父やおふくろが死ん

だのは、俺だけのせいじゃない……浅見の旦那が殺したんだ……その後始末をしたのが……俺だ……本当だ」

命乞いをして見上げる文左を、浅見は本気で斬るかのような勢いで、ブンと刀を振り下ろした。だが、それは文左の目の前を掠めただけで、刀の切っ先は床に突き立った。

「このやろう！　だったら俺が……！」

思わず実之助を手放して立ちあがった喜助は、匕首を文左に向かって突き立てようとした。だが、寸前、嵐山の張り手が喜助の頬に思い切り決まり、叩き倒された。

錦はすぐに実之助を抱きしめ、庇いながら隣室に匿《かくま》った。片岡も息子に駆け寄り、錦と実之助の前に立ちはだかるのだった。

次の瞬間、喜助を捕方が一斉に組み伏せて、あっという間に縄で縛り上げた。

六

南茅場町の大番屋に連行された喜助は、吟味方与力の立ち会いのもと、佐々木が尋問することとなった。広瀬こと浅見と、角左衛門こと文左も一緒である。
　錦と片岡も事件の証人として、吟味の場に同席していた。
「実之助ちゃんは、あの後、また熱が出て、薬を飲んで今も養生所で眠っていま
す」
　様子を話す錦を、喜助はチラッと見ただけで、ふて腐れている様子は相変わらず
だった。むしろ、もっと悪ぶった態度だった。
「あんな目に遭って、体よりも心の傷の方が心配です」
「俺だって、二親を殺されてからずっと、身も心もズタズタだぜ」
　喜助には、幼子に対する同情の欠片もなさそうだった。
「でもね、意外なことに……実之助ちゃんは、あなたのことを『いい人だ』と言っ
ていた。どうしてだと思う？」
「知るかッ……」
「初めは怖くてじっと、しがみついていたけれど、あなたの手はとっても温かかっ
たとか……そして、実之助ちゃんの耳元で『これはお芝居だからね。後で、美味し
い団子を買ってあげるからね』と囁いていたそうですね」

「……」

「だから、そんなに怖がらないで、安心していたんですね」

「──そんなことを、あのガキが……小さいくせに事情が分かるんだ」

「赤ん坊のときから母親がいない分、父親であるこの……片岡さんには、とても大切に育てられた。だから、女の人よりも、むしろ男の人の腕や手の方が安心するのでしょう……幼過ぎて、人のことを恨むという感情もまだありませんよ」

錦はそう言ったが、片岡は険しい目を喜助に向けて、例繰方から持ってきた捕物控を見ながら佐々木に伝えた。

「この控えによると……五年前の夜、深川堀川町の太物問屋『田代屋』で火事が起こり、支配地の中組七番の町火消らが消しにかかったが、焼け落ちてしまった。その中に、夫婦の遺体があった。お互い胸を刺して心中した……かのように見えたとある」

「……」

喜助は黙って聞いていた。

「だが、その夜、喜助は家におらず、行方知れずであったこと。そして、帳場に残っていた金庫に金がまったくないことなどから、喜助がやったことだと思われた」

翌朝になって、喜助はのこのこと帰ってきたところを、北町同心の酒井に捕らわれた。まだ十四歳だった喜助は狼狽するだけで、きちんと反論もできないまま、両親殺しの疑いだけが残った。

しかし、取り調べても、喜助がやったという確たる証拠は出ない。まだ子供同然なのに出入りしていた隠れ賭場があって、そこの者が、火事のあった刻限には一緒にいたことを証言した。

それでも酒井は隠れ賭場に入り浸っているような遊び人の証言など信じなかった。むしろ、喜助と一緒になって、両親を殺して金を奪ったのではないか、とすら疑った。だが、他の者たちや飲み屋の主人や客たちの証言もあって、喜助には手を下せないと判断された。

とはいえ、悪い大人たちが、喜助の実家である『田代屋』には金があると知っていて、凶行に及んだのではないかという疑念も浮かんでいた。しかし、それも証拠が揃わず、色々と借金があったり、喜助の素行が悪くて世間に迷惑をかけたりしていたことなどを理由に、二親は心中したという結論になった。

その控えの内容を聞いていた浅見は、ポタリと音が聞こえるほどの大粒の涙を落とした。

「──申し訳ない……おまえの二親を殺したのは、私とこの文左だ……」

浅見はすべてを正直に話すと言って、佐々木や吟味方与力の藤堂逸馬を見上げたが、文左は相変わらず素知らぬ顔をしていた。

「喜助……事件の後のおまえのことは、ちらっと噂には聞いていたが、顔までは知らなかった……だから、さっき養生所に現れたときも、私も初めはまったく気づかなかった」

「……」

「だが、『長崎屋』を呼べと騒ぎ出してから、もしかして……と勘づいた。だが、自分のことがバレると思うと言い出せなかった……実之助が危なかったしな」

ふうっと深く溜息をついて、浅見は静かに淡々と続けた。

「──あの雨宿りさえしなければ、『田代屋』の夫婦は死ななかったかもしれぬ……」

まるで他人事のような言い草だが、佐々木や片岡、そして錦も黙って、浅見の話すことを聞いていた。

「この渡世人の文左と私は、初めは居酒屋で会ったのだが、生まれ育った上州の村が近くて妙にウマが合ってな……浪人者の私は、こいつの用心棒みたいな真似事を始めた。だよな、文左」

　浅見は同意を求めたが、文左はやはり知らぬ顔をしていた。

「あの日は、ある旗本の中間部屋でやっていた賭場で、ふたりとも大負けして、飲み代も残っていなかった。そしたら、俄雨《にわかあめ》だ……軒先を借りに入ったのが喜助の二親の店だった」

　喜助はギクリとなったが、じっと聞いていた。

「二親はいかにも真面目そうな夫婦で、軒下に立っている俺たちを訝しそうに見ていたが、やがて父親の方が来て……『うちに何か用ですか。もしかして、喜助を悪い道に引っ張り込んでる人ですか』と訊いてきた」

「……」

「私は『知らない』と言おうとしたが、文左は妙に鼻が利くんだろう、相手に合わせて適当に話していると、今度は母親の方が、『どうか喜助と関わらないで下さい。

あの子は気の弱い子なんです。だから、あなた方みたいな人たちの言いなりになって……二度と相手にしないで下さい』と悲痛な顔で頼んできたのだ」

浅見は申し訳なさそうな顔になったが、

「そしたら、文左の野郎が、『縁を切ってやるが、幾ら出すんだ』と切り出した。これで悪い奴らとの関わりが絶てると思ったのか、父親は、なんと封印小判をふたつ、五十両も出してきた……それで、小さな構えの店だが、結構な商売をしているのかと思ったのだ」

と静かに言うと、喜助の表情が痛々しく歪んできた。

「そんな大金を見た文左は欲を出して、『これっぽっちじゃ話にならねえな。こちとら、いくらガキに注ぎ込んだと思ってんだ』と出鱈目なことで脅し始めた。そして、店の中に乗り込んだら、たまたま決済か何かで金を集めてきてたんだろう。帳場の金庫には、何百両もあった……それを戴いたってわけだ」

「殺して奪ったのか」

佐々木が訊くと、浅見は首を横に振って、

「文左が金庫の金をぜんぶ奪っていこうとしたら、父親が台所から包丁を持ち出してきて、『おまえらなんか死んでしまえ。でないと、喜助はずっと足抜けできないッ』と突っかかってきたんだ」

「！……」

衝撃を受けた様子で喜助は聞いているが、浅見の話がすべて事実かどうかは分からない。だが、浅見はまるで昨日のことのように、そのときのことを再現して話した。

「とっさに私は刀を抜いて、父親の胸を刺した。母親も驚いて父親に抱きついたが、その背中を刺し、すぐに心中に見せかけようと思いつき、その包丁で胸を刺し直した」

凄惨な殺しの場を語りながらも、浅見は自らが犯した罪を悔い、涙ながらに喜助に何度も謝った。

「一旦は、その場から逃げた。だが、町方が調べたら、殺しだと足がつくかもしれない。そう察した文左は、翌朝、日が昇る前に火を付けて、すべて焼いてしまおうと思ったのだ……もっとも、それも中途半端で終わったわけだがな」

「――だが、奉行所はおまえたちのことには気づきもせず、色々な状況から、喜助の仕業だと思い込んだ」

「そうだ。これ幸いと逃げ、五百両程もあった金はふたりで分け、二度と会うまいと千住宿で別れたのだ……つるんでいると、何処で馬脚を露わすか分からないからとな」

しかし、文左はその金を元手に薬種問屋を買収して主人に収まり、どういう経緯か分からぬが、浅見は養生所医師として正体を隠して、何食わぬ顔で患者の面倒を見ていたというわけだ。

「私は……若い頃、医学を学んだことがある。だが、医者と名乗るほどではなく、盗んだ金で暮らしは困らなかったから、逃げた先の城下町で町医者に就いて、若い頃のように学び直し、そこで開業していたのだが……縁あって、のこのこと江戸に舞い戻ってきたのだ。人助けは罪滅ぼしのつもりだったが……申し訳ありませんでした」

深々と頭を下げて、浅見は涙ながらに謝ったが、喜助は何と答えてよいか分からなかった。むしろ怒りは何倍にも膨らんでいた。だが、誰にともなくポツリと話した。

「――雨が降らなきゃ、家に帰ってたかもしれねえ……」

「なに……？」

佐々木が訊き返すと、喜助はそれまでとは違って、寂しそうな声で答えた。

「立ち寄ってた遊び仲間の所から出ようとしたら、雨が降ってきやがった……酒も少し飲んでたし、億劫になって、明日でいいやと思って泊まったんだ」

「……」

「もし、帰ってたら、こいつらが雨宿りしてたとしても、何も起こらなかったかもしれないし、親父とおふくろも……殺されずに済んだかもしれねえ。二親を殺したのは、俺かもしれねえな……」

自らを嘲《あざけ》るように言う喜助に、なぜか片岡が語りかけた。

「それは違うな、喜助」

「えっ……」

「罪はやった奴が悪いんだ。罪を犯さない者は、どんなときでもやらないんだ」

毅然と言う片岡の横顔を、錦はじっと見つめていた。

「だがな、おまえの言いたいことが、俺も分からないでもない。もし、俺の女房が病に倒れなければ、死ななければ……『田代屋』の事件は途中で投げ出さず、ここにいるふたりを挙げられたかもしれぬ」

「……」

「何の慰めにもならぬがな……俺の息子が人質になったのも因縁のような気がする」

「それを言うなら、片岡さん……」

錦は切なげな表情で、喜助や浅見たちを見廻しながら、

「私も検屍しただけではなく、殺しだと何度も言うべきでした。後は定町廻り方の探索しだいだなどと思わずに」

「先生……それは考え過ぎだ」

「いいえ。私の失敗です。少なくとも、悪い人をのさばらせることはなく、喜助さんは苦しまず、余計な罪を犯さずに済んだかもしれませんもの」

「……」

「これからは自分の責任に於いて、全力を尽くし、最後の最後まで真実を明らかにしたい……そう思います」

とは知らなかった。浅見もまた、『長崎屋』が文左とは当初思ってもみなかった」

「……」

「だけど、浅見の方はある時、番頭と一緒に養生所に来たときに見かけて吃驚したそうだ。だが、もし自分の正体を文左に知られたら、何が起こるか想像ができたから、浅見は顔を合わせないように心がけた……一方、文左の方も、何処で誰に気づかれるか分からないので、店に籠もって、あまり人には会わなかった」

そのふたりの関係に勘づいた喜助は、『長崎屋』に近づいて、

『おまえ、俺の二親を殺しただろう。用心棒の浅見とともによ。正直に言いやがれ』

と脅した。だが、逆に押し込み強盗として捕らえられ、番屋に突き出された。

喜助は必死に、角左衛門の正体を訴えたが、南町の近藤は歯牙にもかけなかった。文左は帳簿を擬装して、喜助が『長崎屋』に百両もの借金をしていたふうに見せかけた。その借金を返せなくて、逆上して店に押し込んできた――という話をでっち上げたのだ。

元々、〝親殺し〟の疑いをかけられていた喜助だから、あっさりと牢送りになっ

たのである。吟味の最中にも、

『角左衛門は文左という遊び人だ。広瀬は浅見という浪人者だ。ふたりはつるんで、俺の親を殺したんだ』

と必死に訴えたが、妄言としか受け取られなかった。

「むろん、そんな男とは知らず、片岡は赦免のひとりとして解き放ったわけだがな……てめえの二親を殺した奴らが、奪った金で別の人生を謳歌していた……人殺しが仁術を売りにした養生所医とはね、仏様でも気がつくめえってことかいなア」

佐々木は少しふざけて言ったが、湯呑みを置いた錦は真顔で見つめ返した。

「だから喜助さんは、あのふたりの旧悪を暴くために、一騒動を起こしたのです……ええ、分かっていました」

「――先生、俺が水を向けたが……やはり、それは言わぬが花だ」

邪魔したなと立ちあがった佐々木に、錦は悔やんではいないと言ってから、

「喜助さんが、此度の人質騒ぎを起こす前日のことです……」

「もういいよ、先生……」

「いいえ。井上様にも聞いて頂きましょうかね……喜助さんが私の診療所を訪ねて

きました。もちろん、誰かは分かりません」

その時、喜助は切羽詰まった顔で、五年前に付け火強盗にあった『田代屋』の倅だと名乗ってから、錦に詰め寄った。錦はハッキリとは覚えておらず、頭のおかしい若者が乗り込んできたと思った。

『――先生は、俺の親父とおふくろが殺されてから、火を付けられて焼かれた……そう検屍したんだってな』

『え、ああ……あの時の……』

『そのことを、もう一度、証明してくれねえか。下手人はいるんだ。俺は知ってるんだ。だから、助けてくれねえか』

『誰なんですか、それは……』

『角左衛門って奴で、神田で薬屋になってんだ。そんでもって、もうひとりは、先生もよく知ってる養生所の広瀬だよ』

『ええ……？』

錦はよく理解できず、妙なことをすると番屋に突き出しますよと言い返した。その時はまだ、赦免で牢から出た若者だということも、錦は知らなかったからだ。

だが、広瀬を庇った錦に喜助は腹を立て、「おまえもか！」と罵《ののし》って、逃げるように立ち去ったのだ。

「喜助さんは、私が養生所に出向いたのを狙ったわけではありません。たまたまのことでしょう。でも……人質騒ぎを起こし、『長崎屋』を呼べと命じたとき、すべてが氷解したかのように、私の脳裏には浮かんできていました。でも、気づかないふりをしていた」

「……」

「下手に刺激しないで、真相を明らかにすることが、実之助ちゃんを救えると判断したからです。だから、喜助さんが人質を殺すわけがないと思っていました」

「分かったよ。だから、先生も俺たちが下手に動けないように、人質であり続けたわけだな……喜助の大芝居に乗ったわけだ」

「でも私には、広瀬先生が本当に人殺しをしたのかどうかは分かりませんでした……ですが、一緒にあの場にいて、少しずつ、そうかもしれないと思うようになりました」

「……」

「だから、自ら告白するのを待っていたのです」

錦は喜助の思惑どおりになるようにと、その場でじっと見守っていたのである。

「喜助さんが、幼子や病人を人質にしたのは罪なこと……でも、喜助さんには他に手立てがなかったのです」

無念そうな顔になった錦は、佐々木を見つめて、

「私を訪ねてきたとき、喜助さんの言い分をキチンと聞いて、佐々木様に相談していたら、こんな事件は起きなかったかもしれない」

「先生……」

「どんな裏の深い事情があっても、罪を犯してはならない……今般だけは、色々と考えさせられました……穢れた手ではどんなに人を助けても罪は拭えない。広瀬先生、いえ浅見某という人もきっと心の奥では己を責めていたのでしょう……」

「……」

「喜助さんの心が癒えることはないでしょうが、私はその支えを少しでもしたいと、今は思っています」

錦がそう言うと、佐々木は広瀬が刑場に送られる直前に、

「本当のことをもっと早く打ち明けるべきだった……喜助親子には自分の命ひとつでは、何もあがなうことができない」

と泣いていたと伝えた。

庭先で、突然、蟬が鳴いた。夏の到来を告げるように、突然、甲高い音が広がった。

「暑いと思ったら……なあ、錦先生、やっぱり私と鰻に付き合ってくれんかねえ。暑気払いと洒落込まぬか」

井上は何も聞いていなかったかのように、声をかけてきた。何処からともなく馥《ふく》郁《いく》たる花の匂いも流れてくる。

軒下の向こうに広がる青空を、思わず見上げた錦の顔にも、強い陽射しが降り注いできた。その傍らでは、井上と佐々木がまだ何か言い争っていたが、錦の耳には届いていなかった。ただ、

――一日も早く喜助に御赦免を……。

と心の底から祈っていた。

この作品は書き下ろしです。

番所医《ばんしょい》はちきん先生《せんせい》 休診録《きゅうしんろく》四

花《はな》の筏《いかだ》

井川香四郎《いかわこうしろう》

令和4年7月10日 初版発行

発行人――石原正康
編集人――高部真人
発行所――株式会社幻冬舎
〒151-0051東京都渋谷区千駄ヶ谷4-9-7
電話 03(5411)6222(営業)
03(5411)6211(編集)
公式HP https://www.gentosha.co.jp/
印刷・製本―中央精版印刷株式会社
装丁者――高橋雅之

幻冬舎時代小説文庫

ISBN978-4-344-43214-7 C0193 い-25-13

この本に関するご意見・ご感想は、下記アンケートフォームからお寄せください。
https://www.gentosha.co.jp/e/